DU MÊME AUTEUR

Aux Éditions Gallimard

LE GOÛT DU MALHEUR, *roman*, 1993 (Folio nº 2734).

MORNY, UN VOLUPTUEUX AU POUVOIR, *essai*, 1995 (Folio nº 2952).

BERNIS, LE CARDINAL DES PLAISIRS, *essai*, 1998 (Folio nº 3411).

UNE JEUNESSE À L'OMBRE DE LA LUMIÈRE, *roman*, 2000 (Folio nº 3768).

UNE FAMILLE DANS L'IMPRESSIONNISME, coll. Livres d'art, 2001.

NOUS NE SAVONS PAS AIMER, *roman*, 2002 (Folio nº 4009).

LE SCANDALE, *roman*, 2006 (Folio nº 4589).

LA GUERRE AMOUREUSE, *roman*, 2011 (Folio nº 5409).

NAPOLÉON OU LA DESTINÉE, *biographie*, 2012 (Folio nº 5790).

NE PARS PAS AVANT MOI, *roman*, 2014 (Folio nº 6060).

UNE JEUNESSE PERDUE, *roman*, 2016.

LA VÉRITÉ SUR LA COMTESSE BERDAIEV, *roman*, 2018 (Folio nº 6691).

MES RÉVOLTES, *roman*, 2022 (Folio nº 7313).

AUGUSTIN ROUART. ENTRE PÈRE ET FILS, coll. Livres d'art, 2023.

Aux Éditions Grasset

LA FUITE EN POLOGNE, *roman*, 1974.

LA BLESSURE DE GEORGES ASLO, *roman*, 1975.

LES FEUX DU POUVOIR, *roman*, 1977. Prix Interallié.

LE MYTHOMANE, *roman*, 1980.

AVANT-GUERRE, *roman*, 1983. Prix Renaudot.

ILS ONT CHOISI LA NUIT, *essai*, 1985.

LE CAVALIER BLESSÉ, *roman*, 1987.

LA FEMME DE PROIE, *roman*, 1989.

LE VOLEUR DE JEUNESSE, *roman*, 1990.

Suite des œuvres de Jean-Marie Rouart en fin de volume

LA MAÎTRESSE ITALIENNE

JEAN-MARIE ROUART

de l'Académie française

LA MAÎTRESSE ITALIENNE

roman

GALLIMARD

Il a été tiré de l'édition originale de cet ouvrage
trente exemplaires sur vélin rivoli
des papeteries Arjowiggins numérotés de 1 *à* 30.

Si le nez de la comtesse Miniaci avait été plus long, le sort du monde eût été changé.

PAULINE BONAPARTE

Si la littérature n'est pas un répertoire de femmes fatales et de créatures en perdition, elle ne mérite pas qu'on s'en occupe.

JULIEN GRACQ

PREMIÈRE PARTIE

1

Dans un fracas de chaînes comme si elle se délivrait de ses entrailles de fer, la frégate l'*Undaunted* mouilla son ancre dans les eaux turquoise de la rade. Affolées, les mouettes, posées en frise sur les vergues, s'envolèrent dans un bruissement d'ailes et un caquetage discordant. L'île apparut dans toute sa splendeur. Le spectacle qu'offrait le port aux maisons blanches et aux toits de tuiles, étagées dans un amphithéâtre naturel creusé dans la montagne, avait quelque chose d'irréel. L'air était suave, d'une douceur printanière, avec des relents douceâtres de miel. Le soleil à son couchant diffusait une lumière ardente qui rosissait le ciel et prolongeait ses irisations roses dans la mer. Ce crépuscule mettait en valeur la joliesse italienne de la côte. On distinguait avec netteté, à l'encombrement des voitures et aux allées et venues des commissionnaires, l'agitation que provoquait l'arrivée du navire. Les quais et la jetée étaient noirs de curieux.

Sur le pont supérieur, muni de sa longue-vue en laiton, le colonel Campbell ne voulait rien perdre du spectacle. Il était saisi par une émotion qui tenait autant à la beauté du paysage qu'au prodige de sa situation. Il ressentait cet enthousiasme que l'on éprouve dans les rares moments où la vie s'ingénie à vous prodiguer la réalisation de vos souhaits les plus secrets. À quoi lui faisait songer ce paysage ? À un Turner, mais un Turner plus radieux, plus pimpant, plutôt un Tiepolo. Tandis que les matelots s'affairaient à la manœuvre, obéissant à des ordres brefs, il ne pouvait se défendre de l'idée présomptueuse qu'il était l'objet d'une mystérieuse élection astrale, de la providence, aurait dit sa pauvre mère. Pourquoi la destinée, dans ses arcanes obscurs, l'avait-elle choisi pour cette mission d'exception ? Pourquoi était-il là, lui et non un autre ? On ne manquait pourtant pas d'hommes plus méritants que lui. Il avait beau se dire que cette question était oiseuse, il ne pouvait s'empêcher de se la rabâcher. D'autant qu'elle l'amenait à se poser d'autres questions du même genre tout aussi stupides : pourquoi n'avait-il pas été tué, deux mois plus tôt, par la lance du Cosaque qui, en glissant sur ses côtes, avait manqué de peu son cœur ? Pourquoi avait-il plu à certaines femmes et non à d'autres ?

Alors, son mérite ? Certes il en avait un, qu'il partageait avec beaucoup. La bravoure, pour un soldat, c'est banal. Mais à ce mince mérite il ajoutait une autre faveur : la chance. Cette chance qui l'accompagnait et lui avait évité d'être tué. Il en retirait un curieux sentiment d'invincibilité qui faisait naître sur son visage un permanent sourire devant la vie. Et ce sourire aussi, c'est certain, favorisait la chance. Rien de tel qu'une figure triste pour la faire fuir.

C'était à lui donc, un officier comme il y en a des milliers, jeune de surcroît – il avait trente-cinq ans –, qu'était échu ce privilège d'accompagner dans son exil, puisqu'il faut bien appeler les choses par leur nom, l'homme considéré comme le plus puissant de la terre. Un héros que, dans les contrées les plus lointaines, on n'était pas loin de considérer à l'égal d'un dieu. Cet homme se tenait à quelques pas de lui. Physiquement, il avait forci. Il n'avait plus le visage émacié du fringant général d'Arcole que diffusaient les images d'Épinal jusqu'à plus soif. Les joues pleines, le ventre rebondi, il était grassouillet et dodu comme un notaire. Mais cette apparence de notable qui l'avait déçu, lors de leur première entrevue à Fontainebleau, s'effaçait au premier mot, au premier regard, qui gardait l'intense fixité de l'aigle, et vous pétrifiait. Sa voix aux accents tantôt impérieux tantôt enjôleurs, révélant une énergie intacte, avait un pouvoir magnétique. Elle vous ensorcelait. Quant à son sourire, étonnant de jeunesse et de naturel, on était désarçonné de le voir s'épanouir chez un conquérant qu'on croyait revenu de tout. Quelle malice il contenait. Comme s'il témoignait du peu de cas qu'il faisait, philosophiquement, de la solennité à laquelle sa grandeur le condamnait.

Cet homme de légende qui transportait avec lui un monde d'aventures et de rêves, quel privilège d'avoir le loisir de lui parler, de dîner en sa compagnie. Et, loin de le tenir à distance, celui-ci lui témoignait des marques de sympathie, singulièrement oublieux qu'il appartenait à la patrie des ennemis qui l'avaient vaincu. Qu'il fût britannique, au contraire, lui valait une estime particulière dont ne bénéficiaient pas ses collègues, les autres commissaires délégués par les puissances alliées. Ni le maréchal autrichien Koller, ni son adjoint, le jeune et fat colonel Clam-Martinitz, aide de camp du maréchal

Schwarzenberg, ni le général Chouvalov ne bénéficiaient des mêmes égards. Jamais le colonel n'aurait pu imaginer qu'un tel monarque fût à ce point accessible, dépourvu de morgue. Certes il était conscient de qui il était et ne badinait ni avec l'étiquette ni avec les honneurs dus à son rang, mais cela ne l'empêchait nullement de se montrer bon enfant, soucieux de plaire, charmeur, ouvert à la discussion. Ce naturel difficilement imaginable chez un homme aussi illustre, loin de diminuer son prestige, de le faire descendre de son piédestal, au contraire auréolait sa grandeur de simplicité. Il n'était pas un matelot ni un officier qu'il n'eût conquis pendant ces deux jours de traversée, à commencer par le commandant de l'*Undaunted*, Mr Ussher. Il semblait s'être noué entre eux une paradoxale complicité.

Le colonel avait du mal à se convaincre qu'il ne rêvait pas. Quel motif avait poussé Lord Castlereagh à lui confier une mission aussi prestigieuse ? Le lord s'était toujours montré plein de sollicitude pour sa famille, surtout après les déboires et la ruine qui l'avaient affligée à la mort de son père. D'avoir su qu'il avait frôlé la mort avait dû émouvoir le ministre. Sa blessure toujours aussi douloureuse l'obligeait à porter le bras en écharpe. Cela aussi n'était pas pour rien dans la bienveillance que lui manifestait le grand exilé, qui appréciait la bravoure. Il l'avait longuement interrogé sur les conditions dans lesquelles il l'avait reçue et sur les divers engagements de sa carrière militaire déjà fournie.

Pendant le souper, qui fut servi rapidement, il observa comment, en grand séducteur, il achevait de faire la conquête du commandant Ussher. Spectacle étonnant de voir ce géant bourru à la barbe sombre hérissée de poils roux, que coupaient ses lèvres comme une blessure à vif, fondre littéralement devant son interlocuteur. Son regard d'un bleu pastel prenait une expression enamourée. Ce solide gaillard au caractère rugueux et à l'âme intrépide, qui avait affronté les typhons en mer de Chine, doublé le cap Horn, connu les abordages les plus sanglants, montrait de tout son être confus et balbutiant à quel point il était dompté. Sentant venir l'inexorable moment des adieux, on sentait poindre en lui la tristesse qui allait succéder à ce qui resterait à jamais pour lui un moment d'émerveillement. Il pressentait le vide que lui ferait éprouver la perte de son interlocuteur d'exception. Si habilement mené soit-il, on sentait que ce manège de séduction de la part du grand homme, qui avait beau n'exclure nullement une sympathie sincère, faisait partie d'un plan à plus longue portée : à travers lui il visait l'opinion publique britannique.

Le colonel s'attarda avec le général Drouot pour fumer une bouffarde. Personne ne suscitait plus de respect que ce vieux soldat. Modeste et bon, ses vertus morales semblaient s'épanouir sur son visage. Après avoir échangé avec lui des souvenirs de campagne, il remonta sur le pont pour jouir de la perspective de cette île dans laquelle il allait devoir séjourner. La nuit était maintenant tombée. Sous le froid faisceau de la lune et l'éclairage des étoiles l'île apparaissait encore plus mystérieuse. Quelques lumières brillaient dans la ville. Au loin, on distinguait la masse sombre de la côte italienne et celle non moins sombre de la Corse. Il n'y avait plus un souffle de brise. Mais à la douceur tiède du jour succédait un air vif et revigorant tout plein des parfums de l'île où se mêlaient la lavande sauvage et le romarin. Sans raison, des images atroces lui revinrent. Elles survenaient régulièrement pour l'accabler. Les souvenirs se jetaient sur lui avec toujours la même violence. Les combats, si acharnés qu'ils fussent d'ordinaire, ne le troublaient pas. Il les oubliait. C'étaient des affrontements virils, brutaux, entre soldats. Le sac de Badajoz, lui, l'obsédait. Jamais il n'aurait imaginé que les exactions contre les femmes pussent atteindre cette cruauté bestiale. Pourquoi avait-il été incapable de venir en aide aux malheureuses victimes de cette infamie ? Qui l'aurait pu ? Les troupes ivres, après avoir pillé toutes les caves, n'obéissaient plus aux officiers. Certains avaient même payé de leur vie leur vaine tentative pour rétablir la discipline. La soldatesque déchaînée semblait vouloir rivaliser dans l'horreur, dans la profanation et dans le crime. Il aurait fallu abattre ces brutes. Il n'y avait plus ni Anglais ni Portugais, seulement des monstres avides de tuer, de mutiler et de violer. Pouvait-on parler encore de soldats malgré leurs uniformes dans ce magma hurlant de racaille humaine ? Des viols, il en avait connu, mais ceux qui avaient été perpétrés à Badajoz dépassaient en horreur tout ce qu'il avait imaginé. Un visage de jeune fille le hantait. Elle avait été horriblement suppliciée. Ses bourreaux s'étaient rués sur elle comme des chiens courants qui se disputent pour déchiqueter un cerf pendant l'hallali. Et il n'avait rien pu faire.

Soudain, dirigeant son regard vers la dunette, il aperçut le grand homme appuyé sur le bastingage. La vision de ce personnage légendaire au cœur de la nuit dans le pâle éclairage de la lune et des étoiles avait quelque chose d'irréel. Une étrange force magnétique se dégageait de lui comme si, par des voies secrètes, il rejoignait ces étoiles et bénéficiait de leur force. Quel lien mystérieux entretenait-il avec le monde invisible ? Il regardait dans la direction de la Corse. À quoi songeait-il ? Au mystère de cette destinée qui après l'avoir éloigné autant qu'il est possible de son île natale le ramenait à son point de départ ? Aux derniers aléas de sa position inconfortable ? À ce qu'on tramait contre lui ? À ses erreurs ? Pourquoi ne pas avoir négocié la paix à Dresde dans des conditions favorables ? À la trahison de Marmont, la plus douloureuse, la plus décisive ? À celle de Murat ? À celle... il n'avait que l'embarras du choix dans la liste de ceux qui l'avaient trahi ou abandonné.

Pensait-il aux caprices de la fortune qui, après lui avoir accordé tous les triomphes, soudain l'abandonnait ? Pourquoi lui avait-elle offert un trône, la toute-puissance sur l'Europe, des victoires militaires qui le hissaient au rang de César et d'Alexandre pour subitement tout lui reprendre et le jeter dans la dérisoire souveraineté d'une île minuscule ? À cet instant, où l'emmenait son rêve : dans les déserts d'Égypte, dans les steppes glacées de Russie, dans cette terre italienne, ce Piémont si proche qui avait été le théâtre de sa première gloire à trente ans ?

Le colonel n'arrivait pas à s'arracher à la contemplation de celui qu'il observait avec avidité... Comme s'il partageait un peu des rayons de sa gloire. Puis sa réflexion suivit une autre pente : comment un tel homme réussissait-il à effacer en si peu de temps les traces des terribles humiliations que lui avaient infligées les Français lors de son périple de Fontainebleau à Fréjus ? Certains en voulaient à sa vie. C'est sous les insultes, les cris, la houle du mépris, qu'il avait dû fuir la foule déchaînée, contraint de revêtir l'uniforme d'un colonel autrichien pour échapper à ses poursuivants. De ces avanies, il semblait qu'aucune trace ne restât. Sa force intérieure repoussait tout ce que la vie lui présentait d'hostile et de dégradant. Un éternel présent gardait son génie intact de toute souillure.

Soudain, s'arrachant à sa méditation, le grand homme se redressa, et de son pas toujours vif regagna sa cabine. Le colonel, comme par magie, se sentit délivré du charme qui le paralysait. Combien de temps était-il resté ainsi à l'observer, comme cloué sur le pont sans pouvoir s'arracher à la force qui l'immobilisait ? Ni la fraîcheur du soir, car la brise s'était levée, ni la fatigue, ni les élancements de sa blessure n'avaient pu le sortir de sa torpeur. Tandis qu'à son tour il descendait l'escalier qui menait à sa cabine, empuanti par une odeur de goudron dû à un récent calfatage, le colonel s'inquiéta soudain de l'ampleur de la mission qu'on lui avait confiée. Serait-il à la hauteur ? Les instructions de Lord Castlereagh étaient claires : celui qu'il était chargé d'accompagner devait conserver sa liberté totale de mouvement, il n'était pas prisonnier ; on devait seulement le surveiller, garantir qu'il ne lui soit fait aucun mal, le protéger. Mais qu'arriverait-il s'il lui prenait l'envie de quitter l'île sans autorisation ? Qui en serait le responsable ? Il lui semblait que ces instructions, toutes libérales qu'elles paraissent, contenaient un codicille secret livré à sa seule appréciation. Cela ne manquait pas de l'inquiéter. Car il savait que son pays, plus et mieux qu'un autre, avait l'art du double langage. À lui de se débrouiller. Même si ses mérites militaires, son expérience des armes, lui semblaient d'un mince secours pour se livrer à des exégèses du langage des chancelleries.

2

À trois heures, sous un soleil triomphant, le grand exilé passe entre les marins qui le saluent en levant leur sabre d'abordage. Les officiers sont au garde-à-vous dans leur magnifique tenue rouge. Des hourras l'acclament tandis qu'il descend l'échelle de coupée, pour prendre place à bord de la chaloupe. Debout, au milieu des rameurs, vêtu de son uniforme vert légendaire, redingote grise à parements rouges, culotte blanche, souliers à boucles d'argent, tenant à la main son fameux bicorne, personne ne l'imagine dans le rôle d'un vaincu. La frégate salue son départ de vingt et un coups de canon et trois acclamations de hourras. Les batteries du port leur répondent. Dans le silence respectueux qui accompagne sa traversée de la rade, on sent les cœurs étreints par le sentiment de vivre un instant d'exception. La foule des badauds et des officiels qui s'entasse sur les quais semble se demander si elle n'assiste pas à un rêve. Un si grand homme dans une si petite île. Soudain les carillons se déchaînent. Toutes les églises font sonner leurs cloches comme si elles voulaient rivaliser dans la liesse. L'odeur de la poudre se répand dans l'air, piquant la gorge.

Partout dans la ville des drapeaux aux couleurs du nouveau souverain sont hissés.

À terre, accompagné des généraux Bertrand et Drouot, une foule bruyante l'accueille et lui témoigne toutes les marques de son enthousiasme. Les roulements de tambours, les cris, les acclamations saluent son arrivée. Devant la porte de Mer, arc de triomphe en pierre élevé par Cosme de Médicis, il doit subir les démonstrations des officiels, braves gens, empotés, terrorisés à l'idée de commettre un impair et qui s'ingénient maladroitement à singer un protocole d'occasion. Le maire lui présente les clés de la ville sur un plateau d'argent, s'embrouille dans son discours de bienvenue, aussitôt secouru par le vicaire général Arrighi. Puis, après avoir franchi la porte de Mer, on l'entraîne vers l'église paroissiale où il doit subir un *Te Deum* solennel. À sa sortie, sur le parvis, dans la bousculade, il doit encore supporter des hommages de plus en plus bruyants au fur et à mesure que coule à pleins barils le vin d'honneur.

Enfin vient l'heure où il peut s'évader de la trop démonstrative affection de son nouveau peuple. Il gagne l'hôtel de ville, qu'on a vite travesti en résidence princière, et plus agacé que réjoui de ces mômeries de protocole et de cette pompe de préfecture, il rejoint sa chambre où règne une odeur de moisi et se glisse dans des draps humides.

Dès le lendemain, il est à cheval, curieux d'explorer l'île qui lui est échue, surtout heureux d'échapper à des hommages dont la médiocrité lui fait douloureusement ressentir sa chute. Il est tombé de l'infiniment grand à l'infiniment petit. Pour se distraire de cette humiliation, comme de tout tracas, il emploie toujours le même remède : fatiguer la bête. À cheval, jamais épuisé, mais épuisant ceux qui l'accompagnent, il se livre à un examen approfondi de l'île, de son relief tout en maquis sauvages et en côtes rocheuses, comme de ses ressources. Il la parcourt en tous sens, d'est en ouest, de Rio Marina à Marciana où, à l'ombre d'un ermitage, il découvre un lieu désert qui l'enchante. Il en fera sa retraite secrète. Il subit le charme d'un autre village perché dans la montagne, un lieu bucolique au milieu des vignes, San Martino. Il y acquiert séance tenante un petit domaine où il trouvera de la fraîcheur pendant les grandes chaleurs de l'été.

Interrogeant les uns et les autres, rien ne satisfait son inlassable curiosité. En quelques jours, l'île lui a livré tous ses secrets. À Rio Marina, il retrouve une ancienne connaissance du siège de Toulon, un vieux républicain rugueux et sympathique, Pons de l'Hérault, qui exploite la mine de fer, la principale richesse de l'île, et qui va comme tant d'autres se laisser séduire. Mieux, fanatiser. Il visite ensuite des carrières de marbre abandonnées. Il décide aussitôt de les remettre en exploitation. Plus tard, il fera venir des sculpteurs pour leur donner de la publicité. Il se rend dans le village de Porto Longone au milieu des pêcheurs.

C'est d'abord en stratège qu'il observe les défenses de son nouveau territoire. D'un coup d'œil sûr, comme s'il devait lui-même l'envahir et en faire le siège, il note les points forts de sa position et aussi les faiblesses. Les fortifications de Portoferraio lui assurent une indéniable protection. La dizaine de bastions et de fortins construits sur une colline qui domine la ville la rendent imprenable. Il décide d'installer sa résidence aux Mulini, au-dessus du port de Portoferraio, sur une crête, dans un vaste terre-plein que défendent deux anciens forts, Falcone et Stella. Cet emplacement a surtout l'avantage d'être protégé par un à-pic rocheux qui défie toute escalade. Un lieu qui domine à l'écart, comme il se doit pour le siège du pouvoir, exposé aux vents, les mêmes que ceux qu'il a connus dans sa jeunesse dans son île natale, le libeccio, la tramontane, ce qui explique la présence de deux moulins. Là, ayant fait raser quelques vieilles bicoques, il entreprend d'édifier son palais en réunissant deux pavillons en ruine : une résidence d'une quinzaine de pièces où il se réserve un appartement au rez-de-chaussée, et un autre au premier étage qu'il fait aménager pour l'Impératrice, dont il attend la venue.

Puis il organise tout. Car il a l'organisation dans la peau. Aucun détail n'échappe à sa vigilance. Il va même, par souci d'hygiène, mener à bien un projet de latrines ou faire planter trois mille arbres pour créer des promenades aux abords de la ville. Son secrétariat est confié à Marchand ; sur son cabinet règne, circonspect mais froid et distant, le général Bertrand ; les services militaires sont l'apanage du bon et honnête général Drouot ; le général Cambronne, sympathique grande gueule, a la charge de la petite armée d'à peine plus de mille grenadiers dont une partie de la Vieille Garde ; Peyrusse, que le grand homme ne peut appeler que « Peyrouse », est le vigilant ministre des Finances en attente des deux millions que doit verser chaque année la France à l'exilé en vertu du traité de Fontainebleau. Le scrupuleux comptable risque de les attendre longtemps. Louis XVIII est bien décidé à ne pas obéir aux prescriptions financières d'un traité pourtant signé par les grandes puissances. À la tête de sa marine et capitaine de son vaisseau amiral, le brick *l'Inconstant*, le lieutenant de vaisseau Taillade. Un curieux marin connu pour avoir le mal de mer et dont les mauvaises langues disent qu'il a la manie de s'enfermer dans sa cabine par gros temps.

Outre l'édification de ses nombreuses résidences, pour laquelle il se montre un architecte tatillon, surveillant tous les corps de métier, vérifiant les dépenses, il forme des projets pour construire des routes, assainir les marais, rentabiliser les salines. Menant de front une importante correspondance diplomatique, il épuise ses secrétaires. De plus, en monarque éclairé par son expérience et en homme méfiant des mauvais partis qu'on pourrait tenter de lui faire, il met en place un réseau serré de renseignement, vaste toile d'araignée qui de la ville la plus proche, Livourne, s'étend à Naples, et même jusqu'à Paris, Vienne et Londres. Pour l'Angleterre, il n'a qu'à ouvrir ses oreilles : tous les lords et les plus hauts personnages de l'aristocratie britannique vont défiler aux Mulini, fiers de le rencontrer et de pouvoir s'en vanter. Et il est bientôt autant au courant de ce qu'on pense à Londres que s'il dînait tous les soirs à Buckingham. Dans ses rares moments de loisir, après le souper, il joue au whist et triche sans vergogne, au grand dam de Madame Mère qui viendra bientôt le rejoindre.

En débarquant sur le quai de Portoferraio, il s'était exclamé : « Ce sera l'île du repos. » C'est mal parti.

3

Affalé sur une bergère qu'il remplit de tout son corps flasque, raidi par les rhumatismes, telle une grosse méduse pleine d'arêtes douloureuses, le monarque est au supplice, un supplice qui pour un peu lui ferait oublier les misères de son corps délabré. Il ne parvient pas à jouir totalement de ce qu'il a si longtemps désiré. Ce trône vient trop tard. Il l'a payé de trop de vexations, de trop d'avanies. Quel prétendant dans l'histoire fut plus humilié que lui ? Surtout, il le paie d'un sentiment insupportable qui le ronge : certes il tient son pouvoir de sa légitimité – un droit absolu dont il n'a jamais douté – mais tout lui crie que ce principe sacré n'a plus cours ; qu'il est aussi hors d'usage que les robes à panier et les perruques poudrées. Plus personne n'y croit hormis quelques attardés qu'il regarde avec un mélange de tendresse et de commisération. Auprès d'eux, il respire l'air suranné et délicieux de l'ancien temps. Mais il ne peut se mentir, ses courtisans comme ses favoris sont tous vieux, décatis ; des rebuts de l'histoire égrotants, chevrotants, gâtifiant, imbus de généalogie et de supériorités désuètes. Pleins d'aigreur et de fiel envers le monde nouveau, né en dehors d'eux, contre eux, ils ne peuvent l'aider d'aucun conseil. Confinés dans un passé mort, ils se réduisent à des psalmodistes de la nostalgie.

Comme une remontée de bile dans la gorge, lui revient le souvenir de ses humiliantes errances à travers l'Europe. Alors on ne lui dissimulait pas qu'il était un gêneur, sorte de vieil oncle ruiné, encombrant, qu'on hésite à accueillir tant il rappelle de mauvais souvenirs. Ce n'est qu'à force de supplications qu'il avait trouvé des refuges précaires, à Mittau, à Hartwell.

Et l'humiliation continue : car c'en est une de se retrouver ici, aux Tuileries, autant dire sa maison de famille, au milieu de meubles, de tableaux, de souvenirs qui appartenaient à un intrus. Ainsi ce mobilier Jacob-Desmalter imité de l'antique, lourd, viril, au sombre acajou luisant, et aux sphynges dorées à la feuille d'or, œuvre de Percier et Fontaine, qui règnent dans ces lieux. Pis, d'éprouver la sensation dégoûtante de devoir coucher dans les draps encore chauds d'un autre. De l'Autre. Même prononcer son nom lui est désagréable. Et cet Autre, il est là, obsédant fantôme. Son absence semble le rendre encore plus présent. Des cuisines à l'office, de la conciergerie au corps de garde, son nom bruit partout. Comme s'il était le plat principal de toutes les conversations. Quant aux officiers, tous corps et grades confondus, du moindre sergent au maréchal de camp, de la jeune recrue imberbe à la vieille moustache, de qui parlent-ils, je vous le demande ! De Lui, encore Lui, toujours Lui. Rien n'a pu extirper l'Autre de leur tête. Il les obsède comme une maîtresse dépravée qu'on a dans la peau.

La torture est permanente. Chaque shako, chaque

sabre, le moindre képi, la plus petite épaulette, et cette Légion d'honneur comme une tache de sang sur la poitrine, lui enfonce une épine dans le cœur. Ils lui semblent un défi à sa personne.

Et cet Autre, loin d'être un vaincu, pourrissant dans un cachot au milieu de la vermine et des rats pour payer ses crimes, comme il l'eût mérité, se goberge de soleil et de liberté dans une île sans autre tracas que de parader. Il passe ses journées à gambader, à épuiser ses chevaux, courant les filles qui se jettent dans ses bras et qu'il trousse comme un sous-lieutenant, tandis que lui, podagre, tout gavé d'honneurs qu'il est, traîne la patte, embarrassé d'un corps difforme, miné par les affronts de l'âge, dont il ne tire depuis longtemps aucun plaisir digne de ce nom. Les efforts laborieux de Mme du Cayla ne parviennent pas à ragaillardir le membre royal qui demeure d'une désarmante flasquesse. Cette impuissance l'épuise : elle l'aigrit en grivoiserie malsaine, le condamne à rechercher des postures humiliantes sans autre résultat que de le frustrer davantage. Faute d'acte, il se monte les sens en voyeurisme, exercice vain qui le renvoie vite à la réalité douloureuse de sa carcasse, percluse de rhumatismes, où toutes les infirmités se font concurrence. Sa dernière lubie consiste à saupoudrer du tabac à priser entre les tétons aux aréoles violettes de Mme du Cayla, tétons qu'elle a généreux, et d'en aspirer le parfum acre tout en serrant ses mamelles frémissantes.

On frappe à la porte. Un huissier poudré à l'ancienne mode, le visage cramoisi, annonce cérémonieusement M. de Blacas.

L'arrivée de ce serviteur fidèle lui est agréable. Il le

rassure. À qui d'autre peut-il faire confiance ? À qui d'autre peut-il tout dire ? Devant ce vieux compagnon qui a partagé ses infortunes, il n'a pas à se gêner. N'est-il pas un autre lui-même si tant est que ce soit possible à un monarque de droit divin, par principe sans équivalent et doté de cet orgueil monarchique qui le rend indispensable et prédestiné. Disgracieux, court sur pattes, un buste disproportionné, le teint jaune et une ridicule perruque d'un blond agressif, son physique est loin d'être flatteur. Son caractère n'est pas plus gracieux : gourmé, infatué, fielleux avec ses semblables qu'il traite pis que des chiens, sa passion pour son maître constitue sa seule bienveillance. Son cœur desséché ne bat que pour lui. Il lui voue une passion jalouse, étroite, grincheuse, qui vise plus à faire le vide autour de lui qu'à l'aider véritablement dans sa tâche. La faveur des autres lui paraît une insulte personnelle. Il voit partout des rivaux. En conséquence, sa principale activité consiste à leur nuire et à circonvenir leur influence. Pour distraire son maître, il se plaît à divulguer des anecdotes scabreuses, qu'il n'hésite pas à inventer avec l'aide de son complice Beugnot, grand maître de la police. Leur dernière trouvaille est ce prétendu inceste entre le proscrit de l'île d'Elbe et sa sœur Pauline. Ils ne manquent pas d'imagination scabreuse ; ils vont jusqu'à répandre la fable qu'ils couchent ensemble et se sont transmis la syphilis qu'ils soignent avec une médication qui a fait ses preuves : les lotions de Rob l'Affecteur.

Le monarque ne peut se défendre d'un faible pour cet insecte nuisible. Prototype des ultras, allergique aux idées libérales, enfermé dans un conservatisme aveugle, il le regarde comme une version caricaturale de lui-même. De ce qu'il pourrait être sans son génie. Son malheur, ses errances, son intelligence politique l'ont heureusement empêché de se racornir. Le passé ne peut être un modèle de conduite. Pour préserver l'essentiel du legs monarchique, il faut l'accommoder aux idées du temps. La Charte, certes octroyée, témoigne de cette évolution. Ceux qui ne veulent pas voir que les temps ont changé signent leur perte à plus ou moins long terme. Mais leur présence le rassure comme un parti de fidèles qui a l'avantage de lui montrer à quel point il est plus intelligent qu'eux.

Tandis que le sec Blacas se livre à son péché mignon de déploration, le monarque revient à sa réflexion sur l'Autre. Les bruits les plus contradictoires circulent. Il s'estime au-dessus de ces racontars de police. La France soulagée bénéficie enfin d'une paix à laquelle rien ne lui fera renoncer. Et de cette paix, il est le garant. Il feint la tranquillité d'esprit même si dans son for intérieur il enrage de constater la persistance d'une fascination pour le proscrit de l'île d'Elbe. Cette obnubilation malsaine, il n'y a qu'un moyen de la conjurer : le faire disparaître, ou le déporter aux extrêmes du monde civilisé. Mais la mort vaudrait mieux. Après tout on n'est pas dans une époque où un homme de plus ou de moins est une affaire d'État. Et l'assassinat, dans l'histoire de la monarchie, a été un expédient qui a permis de résoudre des situations tout aussi délicates.

Il se souvient de la réflexion de Talleyrand, qui avait toutes les apparences chafouines d'un conseil : « Lui vivant, nous ne serons jamais tranquilles. » Quelle intelligence chez cet ignoble apostat, une perspicacité qui puisait sa force dans une analyse froide des faits qu'aucun sentiment ne trouble. Sans doute ce prince fallacieux et sans scrupule a-t-il prononcé la même phrase dix ans plus tôt en parlant du duc d'Enghien. Faire disparaître l'Autre dépasse la question personnelle. L'antipathie joue moins que l'intérêt même du trône et l'avenir de la monarchie. Certes il n'interviendra pas lui-même. Ce seraient des expédients en dessous de sa condition. Il a pour mener à bien ce projet des experts en basses œuvres, à commencer par Talleyrand lui-même. Ne vient-il pas de nommer un consul à Livourne, un certain Mariotti qui fera merveille ; quant au général Dupont, hérissé de rancune, à peine extrait de sa prison pour être hissé au ministère de la Guerre, il a dégotté un vieux chouan, serviteur de la monarchie, le chevalier de Bruslart, et l'a nommé gouverneur de la Corse : le sang qu'il a en abondance sur les mains est de bon augure dans la réussite d'un projet criminel. Ces deux hommes ont l'avantage de nourrir une haine inextinguible pour l'exilé.

Mais cette disparition nécessaire suffira-t-elle à dissiper la force obscure qui a animé sa grande aventure ? Le monarque soupçonne derrière elle une puissance infernale, rivale de l'esprit monarchique et aussi peu accessible à la raison. Sinon, comment expliquer que tant d'hommes galvanisés aient pu accomplir de si hauts faits ; que des peuples se soient montrés ensorcelés. Il y a là un mystère. Et son intelligence bute sur cette énigme qui est la clé des temps nouveaux. Ce n'est pas le brave Blacas, enfermé dans la geôle de ses pensées étroites, qui l'aidera à comprendre la nature profonde de ce volcan qui a réveillé le monde assoupi dans ses certitudes et qui, apparemment assagi, continue de gronder sous les pas.

4

Un matin, au cours d'une promenade à cheval en compagnie du bon Drouot, le grand proscrit s'adresse au colonel d'un ton sans réplique : « Suivez-moi, Campbell. » Faussant compagnie à Drouot et à sa suite, il éperonne sa jument qui se cabre et il l'emmène avec lui dans un galop effréné. Ils traversent le maquis d'épineux, plongeant dans la touffeur des buissons odorants. Après cette cavalcade sur des sentiers pierreux où ils manquent de se tordre le cou, ils traversent au petit trot une forêt de châtaigniers et parviennent enfin à un sommet non loin de San Martino. Les chevaux luisants de sueur ont l'écume à la bouche. Les deux cavaliers découvrent un magnifique point de vue. Le temps est clair et l'on aperçoit avec netteté le relief de l'île. La Corse avec ses hautes montagnes domine l'horizon. À quelques encablures, on distingue l'île de Pianosa et l'îlot aride et pelé de Montecristo. Surtout se dessine, étonnamment proche, la côte toscane, au-delà du bras de mer de Piombino, dont la ville blanche est enveloppée d'un halo brumeux. Et plus loin encore, les îles de la mer Tyrrhénienne jusqu'au golfe de La Spezia.

Le grand homme ne prononce pas une parole. Il attache la bride de sa jument à la branche d'un vieil olivier et regarde dans le lointain. Comme perdu dans un rêve. Ses yeux s'attachent à la côte toscane. Il contemple ce rivage italien si proche qu'on pourrait croire qu'il touche l'île. Il semble sous l'effet d'une étrange fascination. Que provoque en lui la vision de ce pays où lui et sa famille ont eu tant de liens ? Et en ont encore. C'est à Sienne que son père Carlo a suivi ses études de droit. C'est dans ce Piémont que lui-même a connu sa première gloire, dans des lieux qui résonnent encore de ses exploits. Est-ce à cela qu'il songe ? À cette puissance de rêve qu'inspire depuis toujours ce pays chargé d'histoire. Sait-il que le colonel l'observe ? Que souhaite-t-il lui suggérer ? Car avec ce diable d'homme tout est signe. Ce n'est tout de même pas pour lui faire admirer le panorama qu'il l'a entraîné jusqu'ici ? Alors pourquoi ? Pour lui faire comprendre que son destin est à jamais inscrit dans la terre des César ? Veut-il lui signifier avec un grain de perversité que, s'il doit, un jour, lui fausser compagnie, c'est dans cette direction qu'il faudra le chercher ? Le colonel éprouve une mystérieuse emprise. Celle ressentie lors de la nuit étoilée à bord de l'*Undaunted*, lorsque, sur la dunette, il l'avait observé, appuyé sur le bastingage, enfermé dans un rêve. La même force magnétique, comme s'il était en état d'hypnose. Cette scène lui apparaît comme une forme de prédiction. Tous les signes qui l'enveloppent semblent lui confier un secret. L'avenir soudain s'éclaire, une évidence s'impose à lui : si le grand homme cherche un jour à s'enfuir, c'est à coup sûr ce chemin qu'il prendra.

Et ce pressentiment devient pour le colonel une certitude.

Sa pensée suit bientôt une tout autre pente : l'Italie est si proche, il n'a qu'à tendre le bras. Il se promet de saisir la première occasion pour se rendre au plus vite dans ce pays où ses rêves l'ont tant de fois précédé.

5

Depuis deux ans la jeune comtesse Miniaci est la coqueluche de Florence. Elle fait tellement partie du paysage qu'on a l'impression de l'avoir toujours connue. On se l'arrache. La haute société, l'aristocratie pourtant hautaine et froide, qui ouvre ses portes avec parcimonie, s'est entichée d'elle. Les fiers Aldobrandini, les inabordables Albizzi, les superbes Pazzi lui font fête. Elle est accueillie de la même façon à Lucques, à Livourne et même à Gênes. C'est à se demander comment cette ravissante petite créature a réussi à faire tourner la tête à toute la Toscane. Liée tout aussi bien avec Elisa Bacchiocchi, qui vient de perdre son duché de Lucques, qu'avec le grand-duc de Toscane, réussissant malgré cela à être dans les bonnes grâces du gouverneur autrichien, le prince Starhemberg, elle semble faite pour réconcilier les pires ennemis. Le poison de la politique, qui n'épargne pas la Toscane – que de clans, que d'intérêts, que de rivalités il réveille –, semble n'avoir aucune prise sur elle. Certes elle est prudente, habile, diplomate, conciliante, des qualités que certains voient comme de la dissimulation.

Sans détenir les clés qui, particulièrement en Toscane, sont les sésames du pouvoir : une grande fortune, une famille ancienne, des alliances prestigieuses ; son adorable petit palais niché dans un écrin de verdure, dans l'Altrarno, derrière la Piazza San Spirito, est devenu le rendez-vous de tout ce que la ville compte de visiteurs de marque, d'écrivains connus, de musiciens fameux. Les diplomates sont certains d'y glaner des informations de première main ; les beaux officiers, le succès que mérite leur bravoure ; quant aux prélats ils viennent également nombreux même si ce lieu délicieux est plus généralement fréquenté par des pécheurs gravement promis à l'enfer qu'à des dévots sans reproche. Mais ses liens avec le vieux, mais toujours vert, cardinal Consalvi en partance pour le congrès de Vienne, liens certains, qui suscitent de nombreuses interrogations, sont une garantie de moralité. Si tant est que l'épiscopat romain, si généreux dans ses absolutions, puisse encore servir de modèle à l'édification.

Cette pacificatrice née a réussi un autre prodige : belle, jeune – elle a moins de trente ans –, arborant une abondante chevelure d'un blond qui tire vers le roux, semblant offrir à chacun en particulier l'attrait de son sourire mutin, de ses lèvres pulpeuses, et de son orgueilleuse poitrine qu'elle exhibe volontiers, être désirée par tous les hommes qui chaque jour présentent leurs hommages à ses pieds sans pour autant apparaître à leurs épouses comme une rivale dangereuse. Or, pour une séductrice de haut vol, se sortir de cette contradiction est aussi ardu que de résoudre la question de la quadrature du cercle. Loin d'avoir buté sur cette pierre d'achoppement mondaine, qui brise les carrières galantes de tant de jolies femmes ambitieuses, elle a réussi à mettre les épouses, comme on dit, dans sa poche. C'est d'ailleurs aux femmes qu'elle doit son foudroyant succès à Florence.

En effet elle leur a présenté un jeune modéliste de Paris, un mirliflore d'un grand talent, Florian Mignardi, véritable magicien du ciseau et de l'épingle, dont les robes en satin brodé et les chapeaux d'organdi sont maintenant considérés comme le nec plus ultra de toute garde-robe digne de ce nom.

Comme il est d'usage envers une jolie femme, chaleureuse, d'apparence peu farouche, qui s'y entend à troubler les hommes, on lui a prêté une foule d'amants, sans pouvoir s'arrêter avec certitude à un seul. On chuchote aussi qu'elle aime les femmes. Ce soupçon tient à cette espèce de passion qui l'a liée à Elisa, l'ancienne duchesse de Lucques. Là encore il faut faire la part des commérages.

À quoi tient l'invraisemblable charme de la comtesse ? Peut-être, plus qu'à sa beauté, à la générosité d'un caractère, à la chaleureuse sollicitude qu'elle diffuse autour d'elle, aux bienfaits dont elle est prodigue envers chacun, sans tenir compte d'une quelconque position sociale. Rarement une coquette a mis autant de sophistication dans la simplicité de ses manières. L'attrait qu'elle exerce tient peut-être à la mystérieuse ambiguïté qui l'enveloppe, suggérant des mœurs qui peuvent la conduire au meilleur comme au pire, à la chasteté ou à la dépravation. Comme le disait en confidence, d'un air entendu, Benito Calvi, un vieil ambassadeur des États pontificaux connu pour avoir bénéficié des faveurs des plus belles courtisanes d'Europe : « Quand je l'observe, je n'arrive pas à savoir si elle a été élevée dans le plus strict des couvents ou dans la plus huppée des maisons de plaisir. »

Six mois plus tôt, sa réputation jusque-là sans tache avait failli être durement mise à mal. Même blanchie, l'épisode avait laissé des traces, l'enveloppant d'un halo bien différent de cette légèreté, de cette futilité dans lesquelles elle semblait baigner : sous la femme fantasque était apparu soudain un caractère redoutable. Elle avait en effet eu maille à partir avec son intendant, un grand costaud d'origine irlandaise. Peu soucieuse du qu'en-dira-t-on, elle avait embauché ce rougeaud à la crinière précocement blanchie, et aux inquiétants yeux pers, malgré sa mauvaise réputation. Elle avait été contrainte de le congédier sèchement à la suite de la disparition d'une de ses bagues sertie d'une émeraude d'un grand prix. Celui-ci, comme il est habituel en pareil cas, s'était répandu en calomnies ; les plus bénignes concernant son avarice, les mauvais traitements qu'elle infligeait à ses domestiques, dont le plus habituel était de rogner sans cesse sur leurs gages. Des propos de peu de portée s'agissant d'un domestique congédié. Mais loin de se limiter à ces propos d'arrière-cuisine, il menaçait de porter plainte pour des agissements autrement plus graves. On le soupçonnait même d'avoir tenté de monnayer son silence. Ces manigances de maître chanteur ne lui avaient pas porté chance. On retrouva son corps flottant au milieu des roseaux sur les berges de l'Arno. Les carabiniers et la justice conclurent rapidement à un suicide : des témoins dignes de foi assurèrent qu'il était sujet à des dépressions depuis son renvoi. Une vilaine blessure à la tempe aurait pu remettre en cause ce constat de suicide si la justice s'était montrée curieuse, ce qui, étant donné l'honorabilité des personnes mises en cause, n'était nullement dans ses intentions. Elle justifia sa décision de classer le dossier par un rapport du médecin légiste qui concluait que la blessure était parfaitement compatible avec des rochers aux arêtes effilées qui bordaient la rive du fleuve. Cette affaire trouble, à l'instar de l'indélicat intendant irlandais inhumé en toute discrétion dans la fosse commune du cimetière de San Bernardo, fut donc proprement enterrée au soulagement de tous.

La comtesse cumulait ainsi les énigmes. On ne savait pas vraiment d'où elle venait, ni qui la protégeait, ni quelles étaient ses opinions. Mais la question qui soulevait le plus de curiosité touchait à la vie de ses sens : à quelle forme de volupté s'adonnait-elle ? Et surtout avec qui ?

Bien malin qui aurait pu déceler dans cette péninsule italienne en pleine effervescence vers qui allaient ses opinions. Dans ce concert d'idées contradictoires, on avait du mal à discerner si elle penchait pour le parti de la légitimité, de la réaction, comme beaucoup de ses fréquentations pouvaient le laisser supposer, ou si, gagnée par les idées nouvelles, elle avait un faible pour les bonapartistes, voire les républicains qui commençaient à montrer le bout de l'oreille. Beaucoup de choses, sinon tout, allaient se jouer à Vienne où se tenaient déjà les préliminaires du congrès. L'Autriche, selon toute vraisemblance, obtiendrait la part du lion. Qu'adviendrait-il de Murat ? Du prince Eugène ? La péninsule italienne semblait la proie idéale que chaque puissance affamée aurait à cœur de dépecer.

C'est alors qu'apparut dans le salon de la comtesse un homme jeune, plaisant et élégant, un officier au bras blessé artistiquement soutenu par une écharpe blanche qui faisait contraste avec son uniforme rouge. Il semblait réunir sur sa personne toutes les réponses aux questions que l'on se posait : lié à Lord Castlereagh, à la fois son protecteur et son mentor et l'un des principaux acteurs du congrès de Vienne, ayant derrière lui une belle carrière militaire, puisque bien que jeune il avait été engagé sur les principaux théâtres de la guerre depuis dix ans, il détenait le suprême privilège de côtoyer, pour ainsi dire chaque jour, l'homme fameux que toute l'Europe admirait, qu'elle craignait ou qu'elle détestait, mais qui n'en restait pas moins une curiosité historique de première grandeur. Et à cet officier, on brûlait de poser mille questions. Quelles confidences, quelles anecdotes, voire quels secrets, ne détenait-il pas sur le proscrit qu'il était chargé de surveiller dans la petite île où les décrets de grandes puissances l'avaient confiné ?

On imagine quel fut l'émoi dans le salon de la comtesse lorsqu'on vit apparaître ce bel officier écossais. On s'empressa auprès de lui. On se bouscula pour l'approcher. On lui posa mille questions. On le harcela d'invitations. Le salon se transforma en une volière caquetante. Tandis que lui, un verre de punch à la main, demeurait discret, impénétrable, énigmatique. C'était le colonel Neil Campbell.

6

Profitant de la brise, un mystérieux brick anglais s'approche de l'île à la nuit tombante. Au lieu de se diriger vers le port, il mouille son ancre devant une crique déserte. Une chaloupe dépose plusieurs voyageurs sur un petit embarcadère. Un fiacre et des chevaux les attendent. Pourtant nul ne semble prévenu de leur arrivée. Les autorités de l'île n'ont prévu aucun de ces protocoles qui accueillent les invités de marque. Ni tambours, ni grenadiers en grande tenue, ni aucun de ces signes qui accompagnent la venue d'un personnage qu'on veut honorer. La nuit est douce. Elle apporte une fraîcheur bienfaisante après une journée torride.

Les voyageurs, guidés par le général Bertrand, s'enfoncent dans la nuit, empruntant un inconfortable chemin pierreux. À mi-parcours de l'itinéraire qui conduit à l'ermitage de la Madone à Marciana, le grand proscrit apparaît, à cheval, escorté de quatre cavaliers qui portent des flambeaux. Après avoir pris l'enfant en croupe avec lui, il escorte les visiteurs dans un silence que ne troublent que le cliquetis des brides et le bruit des chevaux dont les fers tintent sur les cailloux. La petite troupe s'achemine cahin-caha jusqu'à l'ermitage de Marciana, le nid de l'aigle.

Là, un spectacle grandiose les attend. Il est minuit. Un peloton de grenadiers en grande tenue monte la garde sous les châtaigniers. En pleine nature, au milieu des arbres, une vaste tente de quatre pièces, meublée avec luxe, accueille les visiteurs. À la lueur des flambeaux, on aperçoit une table dressée avec tout le cérémonial impérial : candélabres en argent, couverts de vermeil, verres de Baccarat. Ce déploiement de raffinement dans un lieu sauvage a quelque chose d'irréel. Le scintillement des verres, la lueur des flambeaux et des bougies qui se réfléchissent sur les couverts créent une atmosphère magique. Un nombreux personnel fait le service en silence. Le grand proscrit se montre un hôte prévenant et plein de gaieté. Le souper fini, il renvoie les invités dans les chambres qui leur sont préparées dans l'ermitage. Après avoir regagné ses appartements où il se déshabille, il en ressort bientôt vêtu de sa robe de chambre en madras. Il se dirige vers l'ermitage et pénètre dans la belle chambre qui a été préparée pour la mystérieuse visiteuse. Il n'en ressortira que le lendemain matin.

Tout le monde croit qu'il s'agit de Marie-Louise, venue enfin, accompagnée de son fils, le roi de Rome, retrouver son mari. La rumeur circule dans l'île. Les espions de Mariotti la colportent à Piombino et à Livourne. Elle montera jusqu'aux oreilles de Talleyrand. En réalité la belle inconnue venue retrouver son vieil amant, dans une escapade romantique, est une aristocrate polonaise : c'est Marie Walewska.

Que se disent les deux amants dans le secret de cette chambre monacale, aux voûtes blanchies à la chaux ?

Marie Walewska reste une femme jeune, belle et désirable, même si elle a pris du poids et que son visage est atteint de couperose. Que de souvenirs entre eux depuis qu'elle est tombée dans ses bras, à Varsovie, en 1807. Sans doute est-il ému par la fidélité de cette femme qui a tout bravé pour le rejoindre. Lui qui est payé pour savoir la rareté de cette fidélité. Elle reste une sentimentale. N'est-elle pas venue, il y a six mois, pour le voir au château de Fontainebleau, la veille de son abdication ? Il avait refusé de la recevoir. Cette fois encore il a hésité. Que de précautions n'a-t-il pas prises pour que cette escapade amoureuse ne s'ébruite pas. Les puissances alliées, avides de connaître ses incartades propres à le disqualifier auprès de Marie-Louise, auraient vite fait d'apporter à l'Impératrice cette preuve de son infidélité. N'ont-ils pas tout entrepris pour la dissuader de le rejoindre ? Talleyrand s'y est déjà employé en corrompant une de ses anciennes dames d'honneur qui, moyennant finances, a mangé le morceau et révélé ses incartades.

Au cours de cette nuit brûlant des derniers feux d'une passion fanée, il se reprend soudain. Quelle erreur n'a-t-il pas commise en acceptant sa venue. Une faiblesse du cœur qu'il risque de payer cher. Elle doit repartir. Même s'il imagine sa déception, ses larmes, son humiliation de ne recevoir en récompense d'une fidélité sans faille que d'être traitée comme une courtisane dont on profite et qu'on renvoie à sa guise. Mais seul compte pour lui son destin : cet intérêt supérieur qui le dépasse et écrase tout sur son passage.

Pourtant, à son réveil, tandis que les premiers rayons de soleil pénètrent dans la chambre, pris de scrupule, il décide de lui accorder le sursis d'une journée. Lâche, craignant sa réaction, il se réserve de lui annoncer sa décision. Il attendra le lendemain. Non pas qu'il la croie capable d'une scène, d'un accès de fureur. Mais, pire, il craint de lire dans les yeux de cette amante si douce et compréhensive la tristesse d'une amoureuse déçue dans sa passion.

La journée se passe en promenades bucoliques sous un grand soleil. Il l'abandonne pour le déjeuner afin d'aller rendre sa visite quotidienne à Madame Mère qui ne doit pas apprécier cette incartade amoureuse. Le soir, nouveau dîner aussi luxueux que celui de la veille. Des lanciers polonais en grande tenue sont invités. Tandis que le souper s'achève, un officier polonais tire sa flûte et fait entendre la mélodie d'une mazurka. Il danse quelques instants avec elle tandis que les invités applaudissent. Les invités partis, chacun regagne ses appartements. Quelques instants plus tard, Marie entend son amant qui revient. Ce sera leur dernière nuit. Au matin, dès les premières lueurs du jour, il lui donne le coup de grâce. Elle doit partir le soir même. Abattue, triste, déçue, elle ne prononce pas une parole de récrimination. Au contraire elle répond à cet affront par une proposition pleine de générosité : sachant ses ennuis d'argent elle lui propose de lui rendre le magnifique collier de perles qu'il lui avait offert. Bien sûr il refuse. De toute la journée, elle ne le verra pas. Il n'apparaît que le soir, la mine renfrognée, pour lui dire adieu. C'est une soirée triste. Le vent s'est levé, apportant de gros nuages sombres. Comme si les éléments s'harmonisaient aux turbulences sentimentales des vieux amants. Tandis que la nuit tombe, que des orages grondent dans le lointain, zébrant le ciel d'éclairs, sous une pluie tiède, ce sont les froides effusions d'un homme coupable et d'une femme blessée.

Un brick à l'ancre attend Marie et sa suite dans la baie de Marciana Marina. Mais bientôt la tourmente augmente en intensité et rend impossible tout embarquement. Le capitaine adresse un message aux voyageurs pour changer le lieu de rendez-vous. Il les attendra de l'autre côté de l'île, dans la baie de Porto Longone plus abritée du vent. L'orage se déchaîne. La pluie tombe maintenant en averse, détrempant les chemins, grossissant les ruisseaux. La calèche manque de s'embourber. Arrivée au lieu de rendez-vous, devant une crique où attend une chaloupe assaillie par les vagues, le capitaine du port est là avec un message interdisant à Marie de prendre la mer. Elle décide de passer outre l'ordre de son amant. C'est une décision folle. Veut-elle le punir en s'immolant dans les vagues comme Virginie, l'héroïne de Bernardin de Saint-Pierre ?

La chaloupe réussit à embarquer les voyageurs. Plusieurs fois ils manquent de chavirer. Ils parviennent jusqu'au navire dont les feux de position dansent dans la nuit noire. Ils sont trempés jusqu'aux os, transis de froid, mais sains et saufs, ce qui est un miracle.

Son amant pendant ce temps se reproche son inhumanité. Après avoir adressé à Marie un message pour lui demander de ne pas embarquer, il monte à cheval pour aller la rejoindre. Mais il ignore que le rendez-vous a changé. Il n'est détrompé qu'en arrivant devant la rade de Marciana Marina. Pris soudain d'une frénésie de la revoir, il décide de la rejoindre à Porto Longone. Est-ce affection, retour de tendresse, scrupule, ou crainte du scandale en cas de naufrage ? Avec ce diable d'homme chez qui tant de sentiments se mêlent, on ne sait jamais. Quand il arrive à Porto Longone, trempé, couvert de boue, après avoir parcouru trente-quatre kilomètres à bride abattue, le jour se lève, un jour sale, pluvieux et triste. Il regarde la mer qui soulève d'énormes vagues pleines d'écume. Le bateau est parti. Meurtri, coupable, maudissant ses hésitations, il fixe la mer sans pouvoir détacher son regard de l'horizon vide. Ce monstre de volonté éprouve avec tristesse le pauvre résultat de ce combat entre les inconséquences de son cœur et les rigueurs de la politique. Sans doute dans ce pathétique face-à-face avec lui-même sent-il remonter en lui, chez cet homme fameux qui a connu toutes les expériences de la puissance, cet esprit d'adolescence qui rendait son cœur si inflammable aux passions, le rendant impuissant à maîtriser son désespoir et ses élans.

7

Blême, de cette pâleur cireuse des cadavres, une lueur de contentement allume ses yeux qu'on dit inexpressifs, des prunelles verdâtres qu'on compare sans trop d'amabilité à celles des serpents. Jouissant du luxe qui a fait la réputation du somptueux palais Kaunitz, doté d'une chaudière à bois dont ce frileux a un besoin vital, ayant posé son pied infirme sur un tabouret en velours cramoisi, il s'adonne à une réflexion qui a toujours été sa marotte : ce jeu fascinant entre l'histoire et lui-même. Joueur de toutes les fibres de son être, amateur de tous les jeux, il trouve une particulière jouissance dans cet exercice. Il ne peut se dissimuler sa satisfaction d'être toujours là. Toujours dans la partie, même si c'est avec des partenaires différents. En l'occurrence, avec le prince de Metternich et le tsar Alexandre, ce n'est pas le cas. Ils sont de vieux complices. Certes les choses ont bien changé depuis l'entrevue d'Erfurt. Quelle jouissance de n'être ni mort – cet inconvénient dont pâtissent tant d'êtres qu'on croit indispensables – ni effacé de la scène du monde par la tourmente qui ces deniers temps a une fâcheuse tendance à brouiller toutes les cartes. De plus il vient de relever une formidable gageure. Parti pour Vienne avec de nombreux impedimenta, de domesticité, de personnel diplomatique, d'archives, il est encombré d'un bagage plus lourd encore : sa détestable réputation. La prévention qu'on nourrit contre lui atteint un sommet. Il sait à quel point il accumule tous les handicaps : son pied difforme n'est qu'une peccadille en comparaison de toutes les tares qu'on lui prête : apostat, perdu de mœurs, traître à tous ses maîtres, concussionnaire, corruptible jusqu'à l'os, il suscite un mépris universel. En plus il appartient au camp des vaincus, ce qui incline rarement à l'indulgence.

Ses atouts, il est vrai, sont plus que minces : représentant les intérêts d'un monarque arrivé dans les fourgons de l'étranger, mal assis sur un trône branlant, qu'il est parvenu grâce à son entregent à hisser au pouvoir, il appartient à un pays qui a inspiré trop de crainte dans sa puissance pour ne pas susciter des idées de vengeance dans sa faiblesse. Il n'est donc ni politiquement ni individuellement persona grata. Et, hormis le roi, il n'est personne qui souhaite qu'il réussisse. Au contraire on prie pour qu'il échoue. Et son viatique calamiteux le laisse espérer à beaucoup. Vienne pourrait être le dernier chant de ce vieux cygne déplumé. Déjà ses ennemis se réjouissent. Quant à ses amis – il en a beaucoup plus qu'on ne le dit et il les chérit avec une particulière tendresse –, ils estiment que c'est déjà un miracle de voir ce mort politique toujours debout, installé encore dans le concert des grandes puissances.

Mais, dans son existence, il a affronté des situations bien plus désespérées que celle-là. Et il s'en est toujours sorti à son avantage. À quoi est-ce dû ? À une forme de génie : son merveilleux sens de l'à-propos. Quelles que soient les circonstances, il trouve la faille par laquelle il peut tirer son épingle du jeu. Il est vrai qu'aucun principe ne l'entrave : il n'a pas plus de propension au désintéressement qu'au sacrifice. Il aime trop la vie pour s'embarrasser de fidélités par nature fragiles. En revanche il a le don inné de percevoir le danger, c'est-à-dire tout ce qui menace ce à quoi il tient le plus : ses plaisirs.

Si différents soient-ils, et si apparemment opposés, le vieux diplomate et le grand proscrit ont des points communs : ils ont toujours considéré l'un et l'autre que l'art de la politique consistait à tenir compte des réalités. À partir de là, tout les séparait. Les fins qu'ils se proposaient étaient d'une nature totalement différente : Bonaparte considérait la politique comme l'instrument qui lui permettrait d'assouvir sa soif de rêves, alors que le prince de Bénévent ne la voyait que comme un moyen d'assurer son confort, son luxe, ses plaisirs, trois déités personnelles, clés de son ambition. C'est pourquoi il a servi le mérite et la nation quand ils étaient le critère de son accession aux responsabilités. Aujourd'hui, fidèle à son système, il se soumet au principe auquel il doit son retour en grâce : la légitimité. Qu'importe si, dans son for intérieur, il ne prédit pas un grand avenir à cet ostensible mépris de la volonté des peuples qu'il contient. Trop lucide pour ne pas voir qu'il sera la source de bien des drames, ce n'est pas son problème. Que lui importe un avenir où il ne sera plus ! Seul compte ce que le présent a de mets exquis à présenter à son palais délicat, ceux que lui préparait le prodigieux cuisinier Carême, hélas absent au palais Kaunitz ; de corps et de baisers à offrir à ses lèvres voluptueuses. Car c'est toujours avec le même tendre souci que ce vieux jouisseur dorlote son sexe. Comment expliquer autrement son stupéfiant mariage avec Mme Grand, cette sculpturale blonde venue des Indes, passée entre tant de mains, sinon par la volupté qu'elle savait lui procurer ? Cette volupté qui l'a fait allégrement s'affranchir du barrage social pourtant puissant, en épousant une femme à la réputation d'aventurière, de plus divorcée.

Ici, à Vienne, il ne lui a fallu que quelques jours pour reprendre son ascendant sur les participants au congrès. Ceux qui s'attendaient à voir sa superbe en berne en ont été pour leurs frais. Les représentants des grandes puissances se pourléchaient à l'idée des proies qu'ils allaient dévorer. Tous ces territoires que la défaite de la France leur offrait comme dépouilles. Lui seul n'exigeait rien. Ce qui le plaçait en position non de quémandeur mais d'arbitre. Il s'en tenait à des principes simples ; le plus important, qui apparaissait comme un formidable revirement, un salto arrière dont cet équilibriste avait le secret : n'admettre en matière de droit que la légitimité monarchique. Un reniement qui arrangeait toutes les puissances. Sauf l'Autriche, liée par traité avec Murat, le trépidant roi de Naples, à qui le vieux diplomate, autant pour complaire au roi de France que pour assouvir une inimitié personnelle, était décidé à faire la peau en se dissimulant derrière des principes aussi nouveaux qu'intangibles : « Il ne faut d'illégitimité dans aucun coin de l'Europe. »

La réunion décisive qui devait clore les préliminaires du congrès eut lieu chez Metternich, qui, après ses nuits tumultueuses entre Wilhelmine de Courlande et la princesse Bagration, avait des matinées paresseuses. Le vieux diplomate se trouva assis entre le prince et Castlereagh, vis-à-vis du tsar qui l'observait d'un regard méfiant et du roi de Prusse qui avait du mal à lui dissimuler son mépris. D'une voix pâteuse, qui se ressentait de l'abus de champagne, Metternich lut à haute voix le protocole que les congressistes avaient adopté. Cet accord, s'exclama-t-il, avait été signé par « les puissances alliées ».

À ces mots, le vieux diplomate, qui semblait assoupi derrière ses yeux inexpressifs, se récria : « Alliés, feignit-il de s'indigner de sa voix sifflante, alliés contre qui ? Ce n'est pas contre Napoléon qui est à l'île d'Elbe. Ce n'est pas contre le roi de France : il est garant de la durée de cette paix. Messieurs, parlons franchement : s'il y a des puissances alliées, je suis de trop ici. » Et il fit mine de se lever. On se précipita vers lui pour l'en dissuader. La discussion reprit. Metternich sans y prendre garde employa à nouveau l'expression « les alliés », immédiatement interrompu par le vieux diplomate. « Ce n'est qu'une habitude », lui rétorqua le prince. « Eh bien, c'est une habitude à changer », siffla Talleyrand. Tout le monde comprit alors que grâce au vieux diplomate qui dominait le congrès de sa lucidité, de son intelligence, et de la liberté que lui donnait son absence totale de scrupules, la France vaincue était désormais un partenaire à part entière.

Ce succès n'était qu'un apéritif. On n'avait pas encore abordé la pièce maîtresse dont les rapaces voulaient se partager les restes : la Saxe et la Pologne. Il savait que tôt ou tard on en viendrait à la question du proscrit de l'île d'Elbe, qui ne devait sa situation confortable qu'à la bizarre mansuétude du tsar. Une île trop proche, ironisait-on, « comme le Vésuve de Naples ». Or l'arrière-pensée des congressistes était de revenir au plus vite sur cette menace qui pesait sur leurs têtes. S'ils s'efforçaient de n'en point parler de peur de réveiller la bête assoupie, ils ne pouvaient détacher leur pensée de sa présence obsédante.

Le grand diplomate éprouvait vis-à-vis du proscrit des sentiments d'une totale ambivalence. À la fois il ne pouvait se défendre d'une vieille affection pour l'homme qui était un peu son enfant – parmi beaucoup d'autres –, dont il avait protégé les débuts, et qu'il avait vu se transformer – politiquement – en monstre. Que n'avait-il écouté ses conseils de sagesse ? Voilà où l'avait mené sa folie de vouloir ressembler au grand Alexandre. Sa furia n'avait été qu'une accoucheuse de catastrophes et de malheurs. Il était une force sans bornes, comme la Révolution elle-même. C'était d'ailleurs en son sein qu'il avait contracté le virus de la folie jacobine. Or, ce virus, on devait l'arracher de la terre. À commencer par ce maudit proscrit dont il ne fallait pas croire une seconde l'hypocrite soumission. Il était incorrigible. Fouché avait cru qu'il suffirait de l'envoyer en Amérique pour s'en débarrasser. Quelle naïveté chez ce cynique. Seule la mort éteindrait en lui le feu des conquêtes. Le prince n'avait aucun scrupule à œuvrer pour sa disparition définitive. Il s'y était déjà employé avec ce maladroit comte de Maubreuil. Déjà il ourdissait le piège qui le mettrait définitivement hors d'état de nuire. De nuire à l'humanité, à ses semblables. Et surtout à lui-même dont il menaçait l'existence douillette adonnée au plaisir.

Perdu dans ses réflexions, il en a oublié l'heure : subitement assailli par l'angoisse, il consulte le cadran du cartel. Pourquoi sa nièce n'est-elle pas encore rentrée ? Avec qui Dorothée a-t-elle rendez-vous ? Des visages passent devant ses yeux. Tant de beaux jeunes gens quêtent ses faveurs comme des chiens affamés. Son vieux cœur est partagé : il est heureux de voir que sa protégée, la fille d'un de ses amours de jeunesse, la duchesse de Courlande, est recherchée, fêtée, adulée, traînant tous les cœurs après soi, car c'est un succès qui rejaillit sur lui. Ne lui a-t-il pas demandé de tenir sa maison, certain de l'éclat qu'elle apporterait au palais Kaunitz ? Ce qui lui a évité de faire venir son épouse, « la grosse dame », comme l'appelle Dorothée sans grande charité, à la réputation si décriée. Heureux aussi – car ce vieux cynique ne manque pas de cœur – de voir que le tourbillon des fêtes aide Dorothée à dissiper la tristesse où l'a plongée, quelques mois plus tôt, la mort de sa toute petite fille, Dorothée – la petite. Et aussi de la voir prendre sa revanche dans la tendre rivalité qui l'oppose à son éclatante sœur aînée, Wilhelmine, maîtresse adorée du prince de Metternich, qui semblait devoir prendre toute la lumière de ce congrès.

Mais ce succès de la jeune femme, il ne sait trop pourquoi, le blesse. Ces jeunes hommes le renvoient à son âge, à la vieillesse qui se prépare. Et il déteste les danseurs, lui à qui, infirmité oblige, ce plaisir est refusé. Pour un peu il exécrerait la jeunesse, futile, inconséquente, insouciante, parée de toutes les séductions. Il a l'impression que cette jeunesse lui vole Dorothée. Mais quel droit a-t-il sur elle ? Aucun. L'âge, ce précipice de trente-neuf années entre eux, devrait le dissuader de nourrir le moindre espoir, et même d'en caresser la pensée. De plus elle est la fille d'une tendre amie, et par-dessus le marché sa nièce puisqu'il l'a mariée à son neveu Edmond. Tous ces obstacles qui se présentent simultanément à son esprit ne l'empêchent nullement de se sentir pour elle un penchant dont la nature lui échappe encore. S'il ne sentait le poinçon de la jalousie, il ne penserait pas qu'il est épris d'elle. Mais chaque jour lui rend plus douloureuse la vue de ses supposés amants. Il sait cette belle jeune femme sensuelle, volage. Elle éprouve le besoin de séduire tous les hommes. Elle en a la passion dans le sang. Et, chaque soir quand il la regarde se pomponner pour partir danser, il se sent blessé. Comme si ces jeunes gens lui volaient un bien qui lui appartenait. Cet homme qui a connu tant de femmes, qui a suscité de multiples passions, se sent démuni devant cette merveille de beauté et d'intelligence. Car elle a de l'esprit pour quatre. Du haut de ses vingt et un ans, elle lui renvoie la balle avec une prodigieuse perspicacité. S'il ne peut se mentir sur la réalité de cette passion naissante qu'il sent envahir son cœur, il ne peut pas non plus se dissimuler que jamais autant d'obstacles se sont cumulés pour la contrecarrer et réduire cet élan irrésistible à un vœu illusoire. Ce défi le fascine, lui qui est revenu de tout, comme une ultime résurrection.

Mais elle ? Les baisers qu'elle lui donne, les tendres étreintes filiales qu'elle lui consent, le regard plein d'admiration qu'elle lui adresse, la complicité intellectuelle qui les unit par-delà les années, comme s'ils étaient nés – certes pas la même année – du même moule, peuvent-ils un jour se muer en un autre sentiment ? Sa tendresse peut-elle, en dépit de tous les interdits, de toutes les conventions, se transformer en amour ? Le regardera-t-elle toujours comme le vieil amant de sa mère ? Quel miracle pourrait faire qu'elle saute le pas ? Ce n'est pas la morale ni les scrupules qui étouffent ce vieux cynique bizarrement sujet à des accès de sentimentalisme. Il s'interroge seulement sur la mystérieuse frontière qui sépare l'inclination de l'amour : est-il possible pour cette si jeune femme qu'un simple penchant affectueux pour un homme âgé puisse, un jour, se muer en passion et en folie des sens ?

8

Monsieur le consul de France à Livourne, qui vient de prendre son poste, s'enveloppe de respect et de secret. Son ventre prospère, ses joues bien pleines plaident pour une bonhomie de pure façade. Connu en Toscane, longtemps préfet de police de Lucques, le duché dont Elisa Bacchiocchi vient d'être dépossédée à la chute de son frère, il a toutes les apparences d'un homme honorable qui – métier de police oblige – en sait beaucoup sur chacun. Il a des moyens, on lui verse deux mille francs or d'émoluments, plus mille cinq cents francs pour ses dépenses secrètes, ce qui est très largement payé, beaucoup plus que ses collègues qui occupent les mêmes fonctions. D'origine corse, il a été au service de la famille impériale qui l'a largement récompensé en faisant de lui un officier de la Légion d'honneur et un auxiliaire important de la princesse Elisa. Il est au mieux avec le prince de Talleyrand, président du gouvernement provisoire, aujourd'hui plénipotentiaire au congrès de Vienne, auquel il doit sa nomination à ce poste important. Le prince de Bénévent ne l'a pas choisi au hasard : il sait qu'il fera merveille dans la mission occulte qu'il lui a confiée, qui ne consiste pas précisément à viser des passeports. Il fait confiance à un homme peu hanté par les scrupules, qui, comme lui, est habile dans l'art des retournements : versatilité profitable qui a mué en un clin d'œil ce républicain, séide des Bonaparte, en royaliste convaincu.

Un opportunisme qui n'a en soi, étant donné l'époque, rien de très original. Les girouettes abondent. Dans ces temps incertains, mieux vaut ne pas se prévaloir de convictions trop chevillées au corps. Sauf à avoir du goût pour l'immolation ou le martyre, ce qui n'est nullement la propension de ce bon vivant de chevalier Mariotti, bien décidé à mettre ses idées au service de ses revenus.

Plus surprenante est sa détestation affichée de l'Empereur déchu. La décence ne l'étouffe pas dans ce domaine. Il aura mis beaucoup de temps à comprendre qu'il servait un tyran. Quant à sa sœur Elisa, qui l'a couvert de bienfaits, il l'a remerciée à sa manière en fomentant des trahisons dans la garnison de sa principauté et en devenant un des agents les plus actifs de Louis XVIII. Ce qui lui a permis d'applaudir en bon Judas à la destitution de sa bienfaitrice.

Charmant garçon, on le voit. Et qui n'a pas encore donné toute la mesure de son talent. En bon disciple de Talleyrand, il excelle dans les basses œuvres. Il fera tout pour se rendre digne de la confiance de son maître. De son « Altesse Sérénissime », comme il l'appelle avec obséquiosité. Non seulement il joue à plein temps son rôle d'espion, mais il s'attache aussi à un projet qui lui tient à cœur, beaucoup plus secret, car criminel celui-là : avoir la peau du proscrit de l'île d'Elbe.

Livourne est une plaque tournante idéale pour

remplir sa mission de renseignement. Il a de la concurrence : tous les gouvernements de la péninsule y ont délégué des espions. Le grand-duché de Toscane, les Autrichiens, Murat à Naples, les États pontificaux, tous surveillent les activités du grand proscrit et accessoirement fomentent des complots pour lui nuire, voire, on ne sait jamais, se débarrasser de lui. Quant à l'Angleterre, elle a un surveillant à domicile, le colonel Campbell, qui ne manque pas d'informer son protecteur, Lord Castlereagh, de ses faits et gestes.

Entre Talleyrand et Mariotti existe une parfaite entente : ils se ressemblent, au génie près, à l'abîme social et historique qui sépare le grand aristocrate devenu le plus fameux diplomate d'Europe et un petit bourgeois corse confit dans des emplois subalternes. D'ailleurs, devenu le ministre plénipotentiaire, chargé par le roi de le représenter au congrès de Vienne, il est emporté dans le maelström des grands intérêts, et ne porte plus à son précieux informateur une attention aussi exclusive. C'est un certain François Arnail de Jaucourt qui le remplace au ministère des Relations extérieures – ou plutôt qui imagine le remplacer car le prince de Bénévent est irremplaçable. La carrière de ce Jaucourt est des plus plaisantes, c'est lui aussi un virtuose de l'équilibrisme politique, un maestro du retournement de veste : il est passé successivement, apparemment sans états d'âme, de la protection de la famille de Condé à la Révolution, du Tribunat et des faveurs de l'Empereur, qui l'a fait comte, à un ralliement immédiat à Louis XVIII ; accessoirement, pour complaire à son nouveau maître, il a poussé le zèle jusqu'à faire mettre sous séquestre les biens de la famille impériale. Bien sûr il se ralliera à la monarchie de Juillet : sénateur, il votera pour Louis Napoléon, et applaudira au coup d'État du 2 décembre. C'est ce qu'on appelle un homme de conviction qui a de la suite dans les idées.

Nul doute que Mariotti ne soit impressionné par les prouesses politiques de ce contorsionniste. Le ministre partage-t-il avec autant de ferveur la rancune obsessionnelle que nourrit son consul contre le grand proscrit auquel il doit tout ? Ce n'est pas sûr. Mariotti, qui est un sacré travailleur, levé tôt et couché tard, déploie beaucoup d'imagination pour remplir la mission qu'on lui a confiée. Ainsi a-t-il conçu un astucieux stratagème pour enlever le proscrit tandis qu'il est à bord de son brick, *l'Inconstant*, lors de ses escapades dans l'île toute proche de Pianosa. N'ayant qu'une faible escorte, c'est une proie facile. Pour mettre ce projet en œuvre, il est nécessaire de corrompre le capitaine du navire, le fameux enseigne de vaisseau Taillade, dont nous avons dit qu'il avait le mal de mer et s'enfermait dans sa cabine par gros temps. De cet homme éminemment corruptible, à la vie privée dissolue, le consul se fait fort de se faire un complice. Malheureusement pour Mariotti, la lettre qui contient ce projet adressé à Talleyrand va être ouverte en secret par le cabinet noir de Metternich qui en avertit l'empereur François et le tsar. Les deux souverains sont outrés du procédé. Surtout le tsar, qui a toujours eu un faible pour son grand adversaire et qui est à l'origine du choix de l'île d'Elbe. L'un et l'autre s'en ouvrent à Talleyrand qui feint de désavouer le zèle de son compromettant consul.

Mariotti a délégué dans l'île un de ses meilleurs agents. Sous couvert de faire le commerce de l'huile, il s'introduit avec un formidable entregent partout où il peut glaner des informations. Ce marchand d'huile est un petit homme de trente-cinq ans, le cheveu gris, jovial, sympathique, bon raconteur d'histoires, qui a installé son commerce dans un café, le Buono Gusto, dans le vieux quartier du port de Portoferraio. Son bagout, sa disponibilité, sa serviabilité font merveille. Est-il aussi franc du collier qu'il veut le paraître ? À son regard fuyant, qui devient glacé quand il n'est pas éclairé par son sourire commercial, on pourrait en douter. On va chez lui autant pour faire ses provisions, car son huile de première qualité a un arrière-goût de noisette, que pour passer un bon moment. Dans une île où les distractions sont rares, c'est un détail qui a son importance. Sa boutique devient le rendez-vous de tous les oisifs : commérages, papotages, clabaudages vont leur train. Le général Drouot fréquente son échoppe, et aussi Peyrusse, le ministre des Finances du souverain de l'île, parce que c'est là qu'il donne rendez-vous à sa maîtresse, une belle Cypriote ; il faut dire que le marchand d'huile est un entremetteur de première classe. Même Madame Mère, dont la réputation de ladrerie n'est plus à faire, y vient discuter âprement les prix. Le commerce dans ces conditions tourne rondement. Ce qui est excellent pour Mariotti pour qui il n'y a pas de petits profits, car le gros de cette huile vient des propriétés de son épouse qui possède une importante oliveraie près de Sienne. Ce qu'on ne sait pas et qu'on ne saura jamais, c'est que ce charmant marchand d'huile à qui on donnerait le bon Dieu sans confession est un dangereux pervers sexuel qui a un casier judiciaire long comme le bras ; que Mariotti a sorti de prison et qu'il tient ainsi par le chantage. Au moindre écart, c'est le retour en geôle au milieu des rats et de la vermine. Inutile de dire que le marchand d'huile se tient à carreau.

9

Du haut de son observatoire de l'ermitage de Marciana, il observe à la longue-vue cette mer dont il sait qu'elle peut lui apporter le meilleur comme le pire. Il scrute l'horizon. Il attend. Viendra-t-elle ? L'aime-t-il vraiment ? C'est le même cœur qui a battu pour Désirée Clary, pour Joséphine, pour Marie, la Polonaise : seulement il n'a pas battu au même rythme. Il l'attend avec une ferveur qui réveille une vieille cicatrice. Depuis la passion éprouvée jadis pour Joséphine lors de sa campagne d'Italie, il n'a plus aimé avec autant de folie. Il a modéré ses élans. Certes il a vieilli, mais le cœur vieillit-il comme les artères ? Et l'aime-t-il d'un amour vraiment pur, si tant est que l'amour soit jamais pur ? Chez ce grand imaginatif Marie-Louise apparaît parée de toutes les qualités qu'il pouvait attendre d'une femme : belle, sensuelle, ardente au plaisir, elle cumule l'avantage d'être issue d'une des plus anciennes monarchies européennes et d'être la mère de son fils.

Que d'appels il a lancés vers elle ! Question aussi d'amour-propre : quel spectacle offre-t-il à l'opinion ? Celui d'un empereur déchu, abandonné de tous et même – un comble ! – de son épouse qui hésite à le rejoindre : la honte pour un grand orgueilleux. Aussi le désir de l'étreindre se mêle-t-il chez cet être essentiellement politique, dont toutes les fibres sont en correspondance avec son destin historique, d'arrière-pensées intéressées. Même amoureux, il calcule. Certes il veut ce jeune corps, sa tendresse, les plaisirs qu'il lui donne, mais aussi tout l'avantage de son appartenance monarchique, qui fait d'elle une alliance et une garantie. Avec ce mariage, elle l'a hissé d'une autre façon que sa gloire infiniment au-dessus de sa condition. Ceux qui tentent de la séparer de lui – ils sont nombreux – veulent le dépouiller de l'otage prestigieuse qu'ils ont eu la faiblesse, pire, la lâcheté, de lui offrir. Alors, c'était pour s'attirer ses bonnes grâces ; aujourd'hui, dans un mouvement inverse, il s'agit de le démunir de cet atout majeur, formidable pont entre deux principes contraires : le mérite et la légitimité. Une barrière des espèces dont le franchissement risque de tout remettre en cause.

Quel abîme sépare le symbole historique de première grandeur qu'elle incarne et cette jeune femme bien réelle, presque une jeune fille, fragile, hésitante, sans grand caractère, un peu nunuche, à la fois gâtée et élevée dans la froide éducation des cours, à l'affectivité prompte à s'émouvoir, influençable, n'ayant jamais acquis d'indépendance, toujours assujettie à une volonté forte, son père, son mari. Et maintenant qui ? Sa vie amoureuse est de la même eau : docile, elle ne recherche pas la sensualité, pas plus qu'elle ne la repousse. Attachée au sexe, comme une chèvre à son piquet, dira un de ses commentateurs. On comprend l'inquiétude du grand homme : une personnalité aussi faible, aussi malléable, est capable de tout. Impossible de faire fond sur elle. Lors de son abdication à Fontainebleau, il craignait de la laisser seule. Il redoutait tous les hommes qui l'approchaient. Elle pouvait céder à n'importe qui, ce qui l'amenait à se montrer jaloux de son frère Joseph, et même de Cambacérès qui pourtant…

C'est en elle que réside aujourd'hui la clé de son destin. Sa décision peut faire pencher la balance en sa faveur. En a-t-elle conscience ? Peu rassuré sur son intelligence et moins encore sur son caractère, il espère qu'un réflexe primaire d'épouse, de mère de famille, l'emportera. Il fait moins confiance à sa faible personnalité qu'à l'instinct maternel, cette force élémentaire qui, au-delà des conditions sociales, dicte de toute sa force le comportement des femmes. C'est pour cette raison qu'il a fait d'elle une sorte d'ambassadrice auprès de son père afin de plaider sa cause. Il la voit à l'image de sa mère, d'une Corse au caractère de granit, à la volonté de fer, qui ne transige ni avec le devoir maternel ni avec l'honneur. Il ignore à quel point il est dans l'erreur. Femme sans boussole, Marie-Louise erre au gré des influences contradictoires en attendant de rencontrer la volonté forte qui l'ancrera moins dans son devoir que dans son plaisir.

Ce n'est pas la naïveté qui l'incline à se bercer d'illusions. Simplement il réagit en homme normal, en bourgeois, installé dans un ensemble de codes et de valeurs simples. Le bourgeois en lui ne mesure pas ce qu'est un Habsbourg. Ce monde lui reste étranger. Lointain. La froideur polaire de la grande aristocratie lui est inconnue tout autant que son insensibilité monstrueuse aux mouvements du cœur. Au fond, tout empereur qu'il soit, il reste peuple. Il ne s'est pas départi des sentiments d'un particulier. Il ne s'est pas élevé dans la sphère glacée des grandes monarchies où l'on a fait son deuil du sentiment depuis des siècles, où le cœur n'a droit à rien, où la raison, l'intérêt dynastique, est tout.

Que n'a-t-il pas mis en œuvre pour la décider à le rejoindre ? Lettres persuasives, supplications, il a harcelé tous ceux qui pouvaient la convaincre de venir, y compris le doux et fidèle Méneval, son ancien secrétaire, qui l'accompagne à Vienne. Mais que peut-il face à ce monstre froid qu'est l'implacable monarchie des Habsbourg ? Elle lui oppose douze siècles de calculs, d'intrigues, de captieuses machinations. Son retour de flamme pour Marie-Louise ne s'est-il pas réveillé trop tard ? Pourquoi n'a-t-il pas compris qu'elle est trop infantile pour demeurer seule, que sans lui elle est perdue ? Abandonnée à elle-même, inexpérimentée, c'est la porte ouverte à toutes les aventures. Pendant la campagne de France, elle lui a écrit des lettres d'un attachement pathétique. Le besoin physique qu'elle a de lui se sent à chaque page. Mais à Fontainebleau, il s'est soustrait étrangement à ses avances de venir le retrouver : « N'insistez pas pour qu'elle me rejoigne, a-t-il dit à Caulaincourt. Je l'aime mieux à Florence qu'à l'île d'Elbe. César peut se contenter d'être un citoyen. Il peut en coûter à sa jeune épouse de n'être plus la femme de César. À l'âge de l'Impératrice, il lui faut encore des hochets. Si elle-même ne met pas sa gloire dans le dévouement, mieux vaut ne pas la presser. » À ce moment, il pense qu'elle lui est plus utile auprès de son père, l'empereur, pour plaider sa cause. Par ses atermoiements, il a douché son désir de le rejoindre. Le grand conquérant a encore des leçons à recevoir en matière de stratégie amoureuse et de psychologie féminine. Résultat de ce cafouillage : elle est mûre pour rencontrer un rival. Le 27 septembre, à son retour d'Aix-les-Bains, la nuit, elle ouvre la porte de sa chambre à un séduisant général borgne. Et elle ne viendra jamais.

10

Cet été-là est l'un des plus chauds que l'on ait connus en Toscane. Et septembre n'apporte pas le répit attendu. Les cultures sont desséchées. Les rivières à sec ; les collines offrent le spectacle de leurs toisons fauves. Les vignerons craignent pour leurs vendanges. On se calfeutre comme on peut, les uns dans leurs palais, les autres dans les églises qui apportent une douce fraîcheur, d'autres encore dorment sous les arbres qui frémissent à peine et dont les feuilles roussissent prématurément. La canicule plonge l'île dans la torpeur. On paie le moindre geste d'une pesante fatigue. Seules les nuits permettent de retrouver un semblant de fraîcheur. Les journées se passent à chercher de l'ombre sous les arbres ou à se réfugier dans les caves. Les après-midi sombrent dans le silence d'une sieste générale, tous volets fermés, que ne troublent ni le chant des grillons ni les castagnettes des cigales. Les Elbois, prostrés, se terrent, ne réapparaissant qu'à la tombée du soir, pour déambuler sur le port. Groupés le long des quais sur la promenade marchande, en quête d'un peu de brise marine, ils débordent d'une gaieté bruyante comme des morts ressuscités.

Peu incommodé par la chaleur, car il a séjourné dans les étuves humides des colonies anglaises, le colonel mène une existence réglée. Il partage sa vie en excursions, en promenades à cheval et en palabres avec de vieux officiers toujours heureux d'évoquer les souvenirs de leur passé glorieux. Régulièrement, il se rend sur le continent, pour des séjours plus au moins longs à Florence, à Lucques, parfois il pousse jusqu'à Civitavecchia. Séjours qui, sous couvert de rendez-vous officiels, de missions d'information, de courtes cures aux réputés thermes de Lucques sous prétexte de soins pour ses blessures, lui permettent de participer à la vie mondaine de la Toscane. Elle est à cette époque particulièrement animée de réceptions et de fêtes de toutes sortes. Il garde une part non négligeable de son temps pour des soirées privées. Sujet sur lequel il demeure discret. Ayant une réputation plus ou moins justifiée d'espion, on ne peut dire si ces soirées sont consacrées à des missions de renseignement ou à des affaires d'ordre sentimental. Ou les deux à la fois, car les deux activités peuvent, dit-on, se rejoindre ou se compléter.

Dans l'île, il ne se lasse pas du permanent théâtre qu'il a sous les yeux. C'est la réédition de l'Empire en modèle réduit, une experte miniaturisation d'un système de gouvernement passé de cent millions de sujets à dix mille îliens, d'une Grande Armée de huit cent mille hommes à une garde prétorienne de moins de deux mille soldats. Cela donne le sentiment poignant du rappel d'une grandeur passée et en même temps du ridicule de tenter de la reproduire sur une autre scène. Comme un opéra magnifique de décor, de costumes et de mise en scène, transporté dans le théâtre municipal d'une ville de province.

Tout est disproportionné : un trop petit cadre pour de trop grands acteurs. Le déploiement des cérémonies militaires, la stricte étiquette semblent déconnectés de la réalité. On singe un pouvoir évanoui, on recrée la liturgie d'une cour factice dans un minuscule palais qui paraît en carton-pâte.

Car seul compte ici le grand acteur. Démultipliant les activités, à la fois architecte et chef de chantier, construisant sans cesse de nouvelles demeures, il talonne les ingénieurs pour augmenter la production du fer, grande richesse de l'île, construit de nouvelles routes, bref il est partout comme le prince arabe des *Mille et une nuits* qui avait le pouvoir de se démultiplier. Recevant des invités de marque venant de tous les coins d'Europe, qui se pressent dans l'île, curieux de voir et d'écouter le monument historique vivant qu'il représente.

Le colonel est flatté de demeurer le premier témoin d'un moment qui restera historique. Il a d'autant plus conscience de sa chance qu'il demeure le seul commissaire des puissances auprès de lui : ses collègues prussiens, russes, autrichiens ont été rappelés. Et c'est à la demande du proscrit qu'il a l'honneur de conserver son poste. Sympathie ? Appartenance à une nation que celui-ci regarde avec une particulière bienveillance ? Un peu de tout cela, mais aussi la nécessité très pratique d'avoir sous la main un protégé de Lord Castlereagh, auquel il pourra ainsi transmettre des messages. Le colonel n'est nullement dupe de ces arrière-pensées.

Il demeure cependant perplexe sur les intentions véritables du grand homme qu'on l'a chargé de surveiller. Assiste-t-il à la fin de l'épopée ? Le héros enfin assagi acceptera-t-il de rejoindre dans la légende certains grands patriciens romains ou de prendre modèle sur Charles Quint retiré dans un obscur couvent d'Estrémadure ? Parfois, en l'écoutant, il se prend à croire à une retraite définitive. Ne lui a-t-il pas dit un jour sur un ton de grande sincérité : « Je suis mort. L'Empereur est mort. Je ne m'intéresse plus qu'à mes vaches et à mes mulets. »

Il ne peut s'empêcher de trouver à ce renoncement de la beauté. À d'autres moments, le doute s'insinue : se peut-il qu'un homme encore jeune, gardant toutes ses capacités, renonce à tout ce qui a fait sa vie ? Et immanquablement, travaillant sur cette hypothèse, une certitude s'impose à lui : jamais il ne retournera en France où, en butte à la haine de la foule, il a failli périr massacré par la populace. Jamais il ne prendra ce risque. En revanche pourquoi ne s'aboucherait-il pas avec Murat pour soulever l'Italie ? Hypothèse séduisante : aussi met-il un soin particulier à se renseigner sur l'état de leurs relations. Lui a-t-il pardonné sa trahison lors de la campagne de France qui lui a fait négocier son maintien sur le trône de Naples avec les Autrichiens ? Avec ce diable d'homme tout est possible. C'est pourquoi parfois la nuit un cauchemar l'éveille : le grand homme est parti, totalement à son insu. Qu'adviendrait-il de lui si le cauchemar se muait en réalité ? Il serait aux yeux de l'Europe, aux yeux de l'histoire, l'homme dont la défaillance a permis au proscrit de s'enfuir. Quelle ne serait pas alors sa honte ! Célèbre dans l'histoire, non pour un haut fait, mais pour son incompétence.

Le colonel apprécie particulièrement les invitations au palais des Mulini, fraîchement construit et qui sent encore la peinture. Dominant le port, doté d'une vue magnifique sur la mer, surtout au soleil couchant, richement meublé – des meubles arrivent tous les jours –, il est décoré avec goût. Le grand proscrit a aménagé ses appartements au rez-de-chaussée tandis que, toujours plein d'illusions, il réserve le premier étage pour Marie-Louise.

Le colonel a beau être devenu un familier, il éprouve toujours la même impression d'être sous hypnose devant le grand homme. Le magnétisme qui se dégage de lui lui fait perdre ses moyens. Ce n'est parfois que le lendemain qu'il retrouve la réponse à une question qu'il lui a posée. Sous le feu sombre de son regard bleu, il se sent dépouillé de toute volonté, asservi à une force supérieure. Il tient un journal pour ne pas laisser perdre la mémoire de ces épisodes exceptionnels de son existence. Nullement dans le but de les publier, d'en tirer une illustration personnelle : simplement, quand il retranscrit le soir dans sa chambre voûtée, blanchie à la chaux, les émotions qu'il a ressenties et surtout les mots qui sortent de l'auguste bouche, il les revit avec peut-être encore plus d'intensité. Comme si l'histoire elle-même palpitait.

Tout en l'écoutant, tandis que des laquais portant la même livrée qu'aux Tuileries passent les plats, il tente d'analyser la nature particulière de son génie. Il est toujours surprenant, toujours là où on ne l'attend pas. Son esprit déjoue tous les pièges du conformisme. Attaché à découvrir la vérité sous les hommes et sous les choses, il les dépouille de tous les faux-semblants : « Un trône c'est une planche recouverte de velours. » Pourtant, s'il ne cherche nullement à provoquer, sa pensée semble puiser à une source originale et décapante. Il met à nu tout ce que la pensée peut avoir de rhétorique, d'artificiel. Il n'est l'esclave d'aucune doctrine, d'aucune religion, d'aucun a priori. Son intelligence se meut librement dans le monde des idées, mais ne retient que celles dont il a éprouvé la justesse dans les faits. Grand paradoxe, cet homme de raison, façonné par les sciences, mathématicien prodige, connaît les limites de la réalité. Il doit presque tout à l'imagination, qui a été sa meilleure alliée. Il tient aussi son pouvoir de l'art de faire rêver. Ne donne-t-il pas l'impression à ses grenadiers, à ces fils de paysans, qu'il les a hissés au rang des héros d'Homère ? Il écoute à nouveau le grand homme répétant son ambition et ses desseins.

« La France avait besoin d'une aristocratie. Il fallait pour la constituer du temps et des souvenirs se rattachant à l'histoire. J'ai fait des princes, des ducs, je leur ai donné de grands biens, mais je ne pouvais en faire des gentilshommes en raison de la bassesse de leur origine. »

Toutes ses phrases résonnent encore dans la tête enfiévrée du colonel tandis que, se tordant les pieds sur les pavés des ruelles sonores, il regagne sa chambre voûtée dont les fenêtres ouvrent sur le port.

Chaque semaine, il se rend chez le marchand d'huile. Il bavarde avec les uns et écoute les commérages, de l'air désinvolte d'un homme désœuvré. Sous son air dégagé, presque guilleret, il a la poitrine serrée. Son angoisse commence avec l'arrivée de la gabare transportant sa cargaison d'huile, qu'il aperçoit au moment où elle franchit le môle. Dès qu'elle a accosté, le capitaine fait viser ses papiers par le commandant du port : simple formalité. Il sort ces documents d'une épaisse chemise en cuir, toute vieillie, racornie, délavée par les embruns. Cette chemise et les documents qu'elle contient, après que le commandant du port y a apposé son tampon, sont confiés au marchand d'huile pour qu'à son tour il y ajoute son paraphe. Or c'est par ce moyen occulte, une poche invisible dissimulée dans la chemise, que le consul Mariotti correspond avec le colonel quand le besoin s'en fait sentir. Ce moyen sert aussi au colonel pour faire acheminer son courrier personnel. Il attend une lettre. Ce qui explique son impatience et sa fébrilité. Le marchand d'huile, auquel ce manège n'a bien sûr pas échappé, hausse les épaules avec une expression navrée. Cette fois, jour de chance, le marchand d'huile tire une lettre de sa cachette avec une ostensible satisfaction. Outre son honorable profession d'espion, il ne déteste pas se livrer à une tout aussi honorable activité d'entremetteur.

Quand le colonel s'empare de la lettre, il ne laisse rien paraître de son émotion. Il feint même de ne pas lui attribuer d'importance, ce qui bien sûr ne trompe pas le marchand d'huile. Il demeure un moment à bavarder dans l'échoppe, après avoir glissé la précieuse lettre dans une poche de son uniforme. Puis il se dirige vers le port en quête d'un lieu désert où il est certain de ne pas être dérangé. Il s'assoit sur un billot, décachette la lettre et lit la missive rédigée dans une belle écriture anglaise. Il la relit. De l'enveloppe s'échappe une fleur qu'il ramasse sur le sol : c'est un brin de genêt d'Espagne. Il le serre entre ses doigts et en respire profondément l'odeur. Les pétales d'un jaune éclatant exhalent un parfum sucré, entêtant, qui lui semble le parfum même de la volupté.

11

La canicule, loin de ralentir l'activité mondaine, semblait au contraire l'exacerber. On assistait en Toscane à une frénésie de réceptions, de fêtes plus fastueuses les unes que les autres. On voulait s'étourdir dans les plaisirs. Sans doute les incertitudes que faisaient peser sur l'avenir les préparatifs du congrès de Vienne stimulaient-elles le désir de ne penser qu'à des choses légères. On voulait se griser pour repousser des craintes légitimes. Les échos qu'on recevait de Vienne, les étourdissantes parties de plaisir, les bals costumés, la frénésie des soirées théâtrales où les plus importants personnages se grimaient pour jouer la comédie, tout cela n'incitait pas à la sagesse. On sentait qu'une menace pesait sur ce bonheur de vivre où se réfugiait la bonne société. Un sourd grondement de contestation politique était sensible. Le vieil édifice social avait été ébranlé par les conquêtes napoléoniennes ; les idées progressistes de la Révolution s'étaient insinuées dans les esprits, y compris chez les réactionnaires qui voulaient les combattre. Un ferment de dissolution demeurait. On avait instillé dans les cœurs des aspirations vagues qui pouvaient prendre les aspects les plus divers. Certains faisaient le grand rêve d'une Italie réunifiée : les uns, sous l'égide d'un prince, les autres, affiliés aux ventes des carbonari ou aux loges maçonniques, pour instaurer une république. D'honnêtes mères de famille s'enfuyaient subitement avec le professeur de piano de leurs enfants ; des hommes nantis, peu enclins à la mélancolie, un soir, se suicidaient. L'absence soudaine du grand homme qui avait dominé l'Europe laissait un vide, et son exemple, ce défi au romanesque, diffusait l'illusion dangereuse que tout était possible.

C'est alors que le prince et la princesse Calandrini offrirent une somptueuse fête dans leur palais campagnard d'Olvedo, sur la route de Sienne. Palais fameux pour ses fresques dues au pinceau de Tiepolo et pour les collections d'œuvres d'art que plusieurs générations de Calandrini avaient accumulées. Prenant prétexte du mariage de leur fille avec le fils du prince Arnolfini, ils convièrent tout ce que la Toscane comptait de parents, d'alliés, de clients et de grandes familles riches qui, comme eux, devaient leur fortune à leur sens du commerce. Les abords du palais, illuminés, étaient embouteillés de calèches d'où descendaient de belles femmes élégantes, à moitié nues, étincelantes de bijoux, parées de leurs plus belles robes, œuvres de Florian Mignardi, le couturier parisien, coqueluche de la bonne société. Dans les jardins flambaient des torchères qui projetaient leurs lumières sur les magnifiques marbres de Jacobo della Quercia, de Canova et de belles copies de Michel-Ange. Les fontaines crachaient l'eau si rare dans les bassins ; les jeux d'eau, les cascades, créaient une atmosphère irréelle. Des buffets disposés dans les bosquets et sous diverses arches de verdure offraient une profusion de plats variés, de gâteaux ou encore de fruits disposés artistiquement dans des paniers décorés. Clou de la fête, un magnifique feu d'artifice illumina les jardins.

Dans cette fête, où abondaient les représentants de l'aristocratie italienne et étrangère, notamment le général-prince Starhemberg, gouverneur de la Toscane, Lord Edington, ainsi qu'un contingent important de très belles femmes, l'arrivée de la comtesse Miniaci ne passa pas inaperçue. Elle était particulièrement en beauté : ses cheveux d'un blond cendré retenus en chignon par une broche en diamant et la ravissante robe en organdi, œuvre de Florian Mignardi, découvrant de délicates épaules et un long cou de cygne, la mettaient en valeur. Bien sûr on lui demanda de chanter car elle possédait une belle voix de contralto. Un désir auquel elle se soumit aussitôt. Elle enchanta les convives.

Ce fut tard dans la soirée, après le feu d'artifice, que l'on vit apparaître le colonel. Superbe dans son uniforme cramoisi tout scintillant de décorations. Après avoir longuement salué le gouverneur Starhemberg, il se dirigea très vite vers la comtesse. Celle-ci l'accueillit avec chaleur et lui manifesta la joie qu'elle avait de le revoir. Ils dansèrent ensemble et offrirent le spectacle d'un couple particulièrement harmonieux. Lui-même semblait au comble de la félicité. Quand l'élégant prince Orsini, qui la courtisait depuis longtemps, invita la comtesse à danser, le visage du colonel se rembrunit. Il serrait les maxillaires, semblant affronter une désagréable épreuve, une épreuve d'autant plus cruelle que les danseurs s'éclipsèrent bientôt dans les jardins, laissant le colonel en proie aux raseurs. Assailli par les curieux, il fut bientôt entouré d'une foule caquetante qui le pressait de questions. Toujours les mêmes : on voulait obtenir des informations sur le comportement du grand proscrit dans son île : était-il heureux ou malheureux ? Pourquoi l'impératrice tardait-elle à le rejoindre ? Avait-il renoncé à ses conquêtes ? Toutes les questions que chacun se posait sur un homme à la fois géographiquement si proche et si lointain par sa légende. Certains importuns farouchement hostiles au grand proscrit, avec cette effronterie propre aux mondains, allaient même jusqu'à reprocher au colonel sa présence à des festivités selon eux peu compatibles avec sa mission de surveillance. Essuyant le feu des questions, Campbell était au supplice. Toute l'expression de son visage semblait un appel au secours. Ses yeux inquiets coulissaient vers le jardin, cherchant désespérément la comtesse qui avait disparu.

DEUXIÈME PARTIE

1

Soudain tout change. Le climat moral de l'île se transforme. Pourtant c'est toujours la même île, ce bout de terre montagneux, rocailleux, pelé, enfermé dans son train-train provincial et engoncé dans un protocole aussi anachronique que guindé. Comment a-t-elle subi pareille métamorphose ? Quelle baguette magique enchante soudain le port de Portoferraio, égaye le rigoureux cérémonial militaire, requinque les pointilleuses inspections de la Vieille Garde ? Et même ce rituel que rien ne peut modifier : la visite journalière du grand proscrit à Letizia, Madame Mère. Sur tout cela souffle un vent nouveau. La gaieté, la fantaisie s'insinuent partout. La rigidité militaire, la stricte observance de l'étiquette semblent réorchestrées sur un rythme joyeux de farandole. On ne subit plus la monotonie de jours mornes, subitement on danse, on chante. À la mélancolie qu'inspire la monumentale chute d'un trône succède soudain l'ivresse des plaisirs.

L'explication est simple : Pauline est là. Elle remplace le génie militaire de son frère par le génie de la vie. Quel prodigieux talent elle a d'en tirer toutes les occasions de réjouissances et de faire de chaque instant une fête. Installée tantôt au palais des Mulini, dans les appartements du premier étage dévolus à l'inconstante Marie-Louise, tantôt dans la propriété qu'elle a acquise à San Martino, elle régente l'île à sa manière. Belle, mutine, aguicheuse, paresseuse pour ce qui l'ennuie, infatigable sur la piste de danse, ultra séduisante, chaleureuse, avec un fond de bonté, elle possède au plus haut degré l'art de tirer de la vie tous les sucs du plaisir. Volage autant qu'il est possible, sacrifiant tout à une sensualité vorace, dépourvue d'égoïsme, elle se veut l'entremetteuse de tous et de toutes : favorisant les liaisons, accueillante aux confidences, immorale quand son plaisir le juge nécessaire, amorale en permanence car n'ayant de règle de conduite que la pleine satisfaction de ses sens, on ne peut que l'aimer tant elle communique son amour de la vie.

À trente-quatre ans, elle en paraît dix de moins. L'âge n'a diminué en rien sa soif de vivre. Du moins dans le répit que lui laisse la maladie, car, atteinte de rhumatismes, elle doit faire de nombreuses cures thermales aux eaux d'Ischia. Aussi dépensière que Joséphine, elle n'hésitera pas à offrir à son frère sa magnifique parure de diamants quand le besoin s'en fera sentir. Pourtant, sa situation financière n'est guère florissante. Elle est au bord de la ruine. Le gouvernement français se refuse toujours à lui verser la rente de trois cent mille francs prévue par le traité de Fontainebleau. Elle a vendu son hôtel de Charost à Wellington, qui en fera la nouvelle ambassade d'Angleterre. Elle a dû également se séparer de sa belle demeure de Neuilly. Prévoyante, soucieuse d'organiser des distractions dignes de ce nom, elle n'arrive pas seule dans l'île. Elle a demandé à son intendant de lui adresser

« une collection de contredanses » et aussi d'engager Mlle Renaud d'Allen, professeur au Conservatoire de musique. Au cours de son passage à Naples auprès de Murat, elle a également signé un contrat avec deux chanteuses célèbres, Mlle Gaudiano et Mme Beguino, et avec un non moins talentueux pianiste, M. Sepier.

Ce séjour est pour elle, selon toute vraisemblance, une cure de chasteté. Du moins cette adorable Messaline se montre-t-elle discrète car si elle s'offre des instants de bagatelle, rien n'en filtre. Pourtant elle est entourée d'officiers qui lui font une cour pressante. Elle vient de quitter à regret le colonel-baron Duchand appelé à Dresde, son ultime passade après beaucoup d'autres. A-t-elle quelques faiblesses à la faveur de toutes les fêtes qu'elle a en tête d'organiser ? Soupers, bals déguisés, soirées théâtrales, elle n'a de cesse de se distraire, de s'amuser et aussi de tirer le grand proscrit de l'humeur maussade où elle l'a trouvé. Les tergiversations de Marie-Louise, la mauvaise volonté qu'elle met à le rejoindre, aigrissent son humeur. Par Méneval, son secrétaire, espion auprès de l'Impératrice, il a eu vent de toutes les manœuvres qu'on tramait pour la dissuader de le rejoindre ; et aussi sans doute de sa nouvelle passion pour un général borgne. Peu à peu le grand proscrit prend goût à ces fêtes : il danse, rit, flirte comme s'il avait vingt ans.

Pauline a entrepris de distraire son frère d'une autre façon. Elle lui ménage des rendez-vous avec ses dames d'honneur, qu'elle a pris le soin de choisir jeunes et jolies. Déjà, aux Tuileries, elle lui a rendu ce même genre de service en favorisant ses rencontres avec une de ses dames d'honneur, Christine de Mathis. Elle était même intervenue pour mettre un terme à sa résistance devant les assauts du monarque. Cette fois elle se démène pour favoriser ses amours avec la Bellina, épouse de l'officier polonais Skupiewski, qui danse le fandango à merveille et fait tourner toutes les têtes, puis avec la jolie comtesse de Molo, qui l'une et l'autre, successivement, rejoignent à la faveur de la nuit le grand proscrit dans ses appartements.

Pauline, en dépit des légitimes griefs qu'elle nourrit envers lui en raison de sa trahison, entretient de bonnes relations avec Murat, son beau-frère, chez qui elle a séjourné à Naples, il y a peu de temps. De quel message est-elle porteuse ? Voilà ce qui agite le consul Mariotti, qui ne manque pas de confier ses craintes au colonel Campbell. Murat les inquiète, et particulièrement son projet de « sauver l'Italie en la rendant indépendante », comme il l'a écrit au proscrit. Mariotti, jamais en mal d'avertissements, se hâte d'adresser une dépêche à Vienne, certain que cette crainte caressera agréablement les oreilles du prince de Bénévent qui déteste Murat et cherche des prétextes pour l'évincer de son trône.

2

C'est avec un certain étonnement que la ville de Bastia accueillit le chevalier Louis Guérin de Bruslart comme nouveau gouverneur militaire de la Corse. Que venait y faire ce Lorrain, vendéen d'adoption, produit du bocage, des prairies humides, des prés salés ; prototype du chouan, adjudant-chef du général-comte de Frotté, chef de la chouannerie, fusillé à trente-trois ans, en 1800 ? Adversaire résolu de la République et de tous ses séides, ce vieux briscard nommé par le ministre de la Guerre, Dupont, a certes des états de service signalés dans tous les complots ourdis contre le régime impérial, il en a moins en matière d'administration. Il est connu pour sa détestation de l'Empereur, ce qui peut toujours servir sous un régime qui l'exècre. Ami de Cadoudal, ce qui dit tout. Il arrive avec un cabinet aussi peu expérimenté qu'on peut l'être, composé de bric et de broc de vieux conspirateurs aussi peu efficaces que fatigués. Mais on lui a alloué une armada qui, elle, impressionne : pas moins de huit navires de guerre qui emplissent la rade de Bastia.

Bruslart est le prototype de ces grands soldats

royalistes qui ont participé à la plupart des combats des armées émigrées et de la chouannerie. Il a tout connu, les espoirs, les désillusions, les fausses victoires, les dissensions de l'armée des princes, les rivalités au sein des troupes vendéennes, la lutte de pouvoir entre Charette et La Rouërie. Il peut compter par centaines le nombre de ses amis morts au combat. Blessé à de nombreuses reprises, ayant frôlé la mort si souvent qu'il n'en revient pas d'être encore en vie, son existence a été tissée de passions et d'amertume. Pourtant, en dépit de tout, des échecs, des trahisons, de l'ingratitude des princes, de leurs inconséquences fatales, il n'a pas perdu la foi. Foi en la monarchie, foi en Dieu.

Cet homme plutôt petit, brun au cheveu crépu, est un irrégulier. Il est moins fait pour les batailles rangées que pour les guets-apens, les embuscades, les coups de main à l'improviste. Ce qu'il aime par-dessus tout, c'est tromper l'adversaire, narguer les mouchards, défier les argousins à sa poursuite. Car il a été l'un des suspects les plus recherchés de France. On l'a soupçonné d'être l'auteur de l'attentat de la rue Saint-Nicaise : il s'en est bizarrement défendu en adressant au Premier consul une lettre dans laquelle il lui annonçait que loin de vouloir le faire disparaître au moyen d'une bombe, il le tuerait de sa main lors d'un de ses déplacements à la Malmaison. Peu à l'aise au sein des états-majors, il aime faire cavalier seul. Changeant sans cesse de logis, brûlant les pseudonymes et les noms d'emprunt, il n'est à l'aise que dans des courses éperdues pour semer ses poursuivants. Véritable épouvantail, bête noire de la police, casse-tête pour Fouché, il court comme le furet de cachette en cachette, grisé par la fièvre du danger et l'alcool fort du risque. Ce bon vivant, gouailleur, enjôleur, dragueur, aime prendre du bon temps dans ses rares instants de repos : il aime la bonne chère, et n'a pas son pareil pour mitonner des crêpes et des beignets frits à la fleur d'acacia. Mais il aime surtout la bagatelle, ce qui dans son cas présente de nombreux avantages : ses succès féminins innombrables lui offrent gratuitement d'agréables planques où il trouve le gîte et le couvert. Il a une superbe rousse à Bayeux, Mme de Vauradon ; une Rose Bainville à Caen ; une... puis une autre... Toutes les belles royalistes ont à cœur d'héberger ce terroriste au grand cœur qui se montre un amant aussi intense que peu encombrant.

Revenu de tout, c'est un croisé qui a débarqué à Paris dans les bagages du comte d'Artois et du duc de Bourbon, qu'il a servi autrefois lors de l'expédition de l'île d'Yeu, un débarquement calamiteux, modèle de cafouillage. Toutes ces longues années qu'il a passées à se battre durement, à se glisser entre les balles, à se cacher, à dissimuler son identité, à égorger ses ennemis sans tressaillir, à brûler les traîtres, lui ont tanné le cuir. Il a trop joué avec la mort des autres, et avec la sienne, pour conserver la plus petite graine d'innocence. À soixante-deux ans, il peut compter sur ses doigts les jours paisibles. Le paysage de son passé est jonché de cadavres, de femmes violées, d'enfants éventrés. Parfois il lui semble que, de lassitude, il a même épuisé en lui les ressources de la vengeance. Si on veut le peindre, deux mots le résument : un pur et un tueur.

Il n'a jamais eu le goût du sang. C'est un soldat dans l'âme, qui accepte seulement la logique du métier des armes. Comme un chirurgien accepte d'avoir les mains pleines de sang. De nature, d'éducation, d'idéal, il eût aimé les batailles rangées, ces grands affrontements virils de cavaleries et de fantassins chargeant sous des flonflons de musique et le tonnerre des canons. Est-ce sa faute s'il a dû traverser une époque où ces belles charges n'avaient plus cours ? Du moins dans son camp. Il a été abonné aux embuscades, aux pièges, à tous les expédients des guerres civiles, avec leurs incertitudes. Une guerre de partisans où les villes fortifiées, les forteresses à encercler, les bastions à prendre se sont mués en innocentes chaumières dissimulant des feux meurtriers, en forêts paisibles minées de tunnels, de caches, de tireurs embusqués dans la cime des arbres.

Tel est l'homme, le général, qui débarque à Bastia et s'installe dans la forteresse qui domine la ville, avec une vue imprenable sur l'île d'Elbe, là où a vécu cinquante ans plus tôt le général-comte de Marbeuf. Sans doute songe-t-il avec un brin d'amertume – cette amertume de l'ingratitude qu'il a si souvent goûtée avec les princes – que sa bravoure, son dévouement envers la légitimité méritaient un poste plus prestigieux. Mais les Bourbons demeurent ce qu'ils sont : les avoir servis est un honneur qui récompense largement ceux qui ont la chance d'avoir œuvré dans leur sillage. Car si la Corse n'est pas un exil, ce n'est pas vraiment un lieu qui flatte l'amour-propre. Mais Louis XVIII et les siens se sentent encombrés par leurs vieux serviteurs qui ont versé leur sang pour eux. Sans doute leur rappellent-ils de mauvais souvenirs de leur ingratitude, de leurs défections. Et puis ces vieux officiers des guerres de Vendée, de Normandie, sont des têtes brûlées, de mauvais coucheurs : intransigeants, récriminant, portant haut l'arrogance de leur mérite. Donc la Corse, ce n'est pas volé.

Mais que lui a donc dit le général Dupont quand il l'a reçu dans son bureau du ministère de la Guerre pour lui offrir ce poste ? Quel a été exactement son ordre de mission ? Voilà ce qui est problématique. Certainement les deux hommes, qui ont eu des itinéraires bien différents et des opinions diamétralement opposées, n'ont pas perdu de temps à faire le compte de leurs divergences. Seul importe leur point commun : l'un et l'autre nourrissent pour le proscrit de l'île d'Elbe une même exécration. Dupont pour l'humiliation qu'il lui a infligée pour le punir de sa capitulation de Baylen – rien de moins que la prison –, et Bruslart brûle de haine : jamais il ne lui pardonnera l'assassinat de deux de ses plus chers compagnons, le général Frotté et Georges Cadoudal, tous deux exécutés, il est vrai, de manière sournoise, sans grande franchise militaire.

Bruslart, quand il ressort des locaux du ministère de la Guerre, n'a reçu que des consignes vagues : le ministre, qui n'est pas un aigle, a préféré être prudent. On commet moins d'erreurs en ne décidant rien. Cette question du traitement réservé au proscrit mérite réflexion : elle n'est d'ailleurs pas du ressort du ministre de la Guerre, ni même du roi seul – bien qu'il soit sans états d'âme sur le sujet – mais il est, en ce moment même, en pleine négociation, par l'intermédiaire de Talleyrand, à Vienne avec les puissances alliées. Bruslart n'a donc en arrivant à Bastia d'autre conseil à prendre que de sa conscience. Et sa conscience est tout entière absorbée par la haine. Les ombres de Frotté et de Cadoudal se pressent autour de lui. L'ont-elles jamais quitté ?

3

Le colonel marche dans les ruelles qui conduisent à la Piazza San Spirito, sur l'Altrarno. La nuit est fraîche. Le jour pointe au-dessus du Duomo. Une décoloration qui rosit à vue d'œil. La ville s'éveille peu à peu. Des carrioles chargées de victuailles se pressent vers la place du marché. L'odeur fade des légumes et le parfum acide des fruits se répand dans la ruelle sonore. Le colonel marche d'un bon pas, ou plutôt il danse tant il se sent au comble de la félicité. Son esprit gambade. Il lui semble que toute sa vie n'a eu pour but que de le conduire à cette nuit. Il a connu des femmes. Il a été amoureux. Mais aucune ne lui a inspiré une telle ivresse. À croire que ce n'est pas un souffle qu'exhalent les lèvres de cette femme, mais du feu. Tout son corps ne semble avoir été créé que pour donner de la volupté. Ce n'est pas tant sa fougue, son ardeur au plaisir, la furia qui s'emparait d'elle qui l'ont grisé que des audaces qu'aucune femme convenable ne se fût autorisées. Jamais il n'avait connu une telle imagination fantasque dans la dépravation ; en comparaison, ses expériences amoureuses les plus épicées lui semblent aussi innocentes que des jeux d'enfant.

Le colonel sourit moins aux passants qu'à lui-même. Il voudrait leur crier sa joie. Partager avec eux le sentiment d'exaltation qui déborde de lui-même. Les épisodes les plus scabreux de cette nuit repassent sans cesse dans son esprit. Ils rallument les braises du désir. Il souhaite ne jamais les oublier. La vanité aussi l'assaille. Pourquoi a-t-il été élu parmi tant d'autres ? Quel charme a opéré ? Quel mystérieux déclic a transformé une tendre inclination en déchaînement des corps ? Pourquoi lui a-t-elle cédé si soudainement au moment même où il imaginait qu'elle s'éloignait de lui ?

Après une nuit d'amour, quel est l'homme qui n'est pas en proie au démon des comparaisons ? À trente-cinq ans le colonel a collectionné un certain nombre de maîtresses. Au hasard de ses campagnes, il a fréquenté les mauvais lieux et les créatures qui les hantent. Ces professionnelles du plaisir lui ont parfois laissé des souvenirs cuisants. Dans l'ordre de la volupté, trois femmes se distinguaient. Les unes par l'adaptation parfaite de leur corps au sien, d'autres par la dextérité de leurs techniques amoureuses. Aucune de ces femmes ne pouvait pourtant rivaliser avec la comtesse Miniaci. Aucune n'avait pu lui offrir un plaisir comparable à la volupté qui l'a foudroyé dans ses bras.

La soirée avait pourtant bien mal commencé. Pendant le dîner, elle s'était montrée distante. Les invités partis à un bal costumé chez l'ambassadeur de Prusse, il s'était étonné qu'elle lui demandât de rester pour lui tenir compagnie. Il n'était pas dupe. Toujours pour la même raison : sa curiosité à l'égard de tout ce qui concernait le grand proscrit était insatiable. À croire qu'elle ne cultivait son amitié que dans le but de s'informer des faits et gestes de l'exilé. Pourtant, depuis quatre mois qu'il la fréquentait, il était toujours incapable de savoir quelles étaient ses opinions, vers qui penchaient ses vœux. Quand il tentait de la débusquer, elle éclatait d'un grand rire. Elle se réfugiait dans un dicton romain qui disait qu'il est encore plus difficile de savoir ce que pense une femme que de la déshabiller.

Soudain, la frustration qu'il éprouvait depuis plusieurs mois de la voir jouer les coquettes en ne lui accordant que des baisers volés s'était muée en mauvaise humeur. Il était devenu agressif. La stupide exaspération virile de voir une femme opposer un refus à son désir lui montait à la tête. Il avait perdu la maîtrise de lui-même. La responsabilité en revenait sans doute au punch, toujours délicieusement préparé chez elle, dont il abusait. Il lui reprocha d'un ton acerbe sa liaison avec le prince Orsini. Elle nia d'abord. Puis elle devint arrogante et le cingla de mots méprisants. Il s'était levé, vexé, et prenant brutalement congé, il s'était retrouvé dans le jardin. Le parfum des genêts d'Espagne embaumait. Ce parfum remuait soudain en lui les émotions amoureuses qui s'étaient accumulées lorsqu'il pensait à elle. Surtout la sensation voluptueuse qu'il avait éprouvée en découvrant le pétale qui accompagnait sa lettre. La fraîcheur de la nuit le calmait. Sa mauvaise humeur se dissipa. La stupidité de sa conduite lui apparut. Remontant l'escalier, il la retrouva dans le salon. Alors l'un et l'autre, sans savoir pourquoi, éclatèrent de rire. Un rire enfantin qui dégénéra en fou rire.

Là, sur le sofa recouvert d'une indienne, ils avaient échangé un long baiser. Puis l'entraînant dans sa chambre tendue de toile de Jouy, dans une demi-pénombre, elle était sans fausse pudeur apparue nue et il avait contemplé le plus beau corps qu'il eût jamais vu. Mince, longiligne, comme celui d'un garçon, doté d'une forte poitrine, il semblait provocant. Était-ce sa beauté qui le frappait le plus à cet instant, la sensualité qui émanait d'elle ou le sentiment aigu de l'invraisemblance des choses ? Tant de tergiversations coquettes de sa part, d'atermoiements, de minauderies, et soudain ce brusque don, presque effronté, d'elle-même. Quelle femme imprévisible. Leurs étreintes s'étaient prolongées jusqu'au lever du jour.

Toujours guilleret, errant dans le petit matin, le colonel veut retarder le plus possible le moment de rentrer dans l'appartement que lui prête Lord Edington, à un jet de pierre du palais Pitti. Il lui semble que tant qu'il sera dans la rue, il conservera plus présente la délicieuse impression qu'il garde de cette nuit. Il rallonge son chemin en passant sur les quais de l'Arno. Les eaux boueuses du fleuve, qui charrie des odeurs mêlées de pourriture et de latrines, ne le rebutent pas. La ville est tellement belle. Le soleil la fait resplendir. Cette symphonie de teintes ocre l'enchante.

Soudain, franchissant le Ponte Vecchio, il bouscule une jeune fille qui pousse une carriole de fleurs. Elle se retourne, mécontente, le juron à la bouche. Il croit défaillir. Cette jeune fille d'une quinzaine d'années, étrangement belle, ressemble trait pour trait à la belle suppliciée du sac de Badajoz. Et aussitôt l'horreur de cette orgie de massacres et de supplices revient l'accabler. Est-il possible que ces images atroces ne sortent jamais de sa tête ? Est-il condamné à expier sans fin des crimes qu'il n'a pas commis mais qu'il n'a pas non plus empêchés ? Accablé, il doit s'appuyer sur le balustre en pierre qui domine le fleuve, sans pouvoir détacher ses yeux de ses eaux boueuses.

4

À moins de trente ans, dans la belle maison sur jardin qu'il habite avec sa mère, rue Verte, il sent la mélancolie l'envahir. Et ce n'est pas seulement en raison de cette triste fin d'automne, grise, froide, brumeuse, qui pèse sur Paris. Il a l'impression d'avoir tout connu, tout vécu avant l'âge. Le sentiment d'avoir atteint le but de sa vie alors que celle-ci a à peine commencé. Il a derrière lui tant de souvenirs, cela lui donne le vertige. Il a épuisé toutes les ivresses des combats, des plus héroïques comme Austerlitz aux plus pénibles comme ceux de Russie, tous les bonheurs de l'amour que cet amant inflammable et volage a dilapidés. Il lui semble que ce qu'il vivra maintenant ne sera que du déjà vécu, du déjà vu. Une morne répétition sur le mode lugubre des instants de feu et de soleil qu'il a eu l'insigne bonheur de connaître. Mais s'il veut savoir les vraies raisons de son accablement, il n'a pas à chercher bien loin. Elles tiennent en deux mots : Fontainebleau, l'abdication. De là date son sentiment de ne plus être lui-même mais un zombie. La chute du grand homme, auquel il a consacré sa vie, l'accable toujours. Mais quelle main l'a empêché de l'accompagner dans son île comme celui-ci le lui demandait ? Et ce remords, cruel comme une ingratitude, ajoute encore à son mal d'être.

Charles de Flahaut a-t-il conscience de représenter à ce point le lieu géométrique de toutes les contradictions historiques de son époque ? Aristocrate, son père, le général, celui dont il porte le nom, a été fusillé par les conventionnels ; son géniteur véritable est Talleyrand qui, s'il a pris en grippe son ancienne maîtresse, Mme de Souza, manifeste à ce fils illégitime une immense tendresse ; lui-même a servi héroïquement l'Empereur comme aide de camp. En outre il a été l'amant de Caroline Murat, la femme de son chef direct, pis, il a eu une longue liaison avec Hortense, la reine de Hollande, avec laquelle il a eu un fils naturel, Auguste de Morny. Un bambin âgé de trois ans. Qui d'autre peut se targuer d'avoir noué autant de liens avec le régime illustre qui vient de s'effondrer ?

Revenons à son remords. Lui-même y songe sans cesse. Cette âme fidèle se juge sévèrement. Ce scrupuleux, épris de beaux gestes, a le sentiment d'avoir été en dessous de lui-même. Il a été le jouet de toutes les influences. Les tiraillements ont eu raison de ce qu'il estimait être son devoir. Mais il ne se le dissimule pas non plus : l'île d'Elbe ne le tentait pas. En dépit de sa folle admiration, il a eu peur de s'ennuyer dans un tel trou. Cet homme de guerre, prêt à toutes les aventures de la mitraille et du canon, est aussi un homme de salon : il y chante à ravir, accompagné d'un piano, et il ramasse à la pelle les jolies femmes. Et justement on comprend combien il est difficile de quitter les bras de celles dont il partage les faveurs : Mme Alfred de

Noailles, une ravissante jeune veuve, et la belle, éclatante, tumultueuse Mlle Mars. Sans compter les revenez-y avec la reine Hortense.

Aux Tuileries on lui manifeste une sourde hostilité. On a vite compris que, contrairement à d'autres, il n'est pas achetable.

Ce qu'il ressent avec une particulière intensité, son état d'âme, c'est celui que partagent une bonne moitié des Français. Disons même les trois quarts après les illusions perdues du début du règne. Car si intelligent, si fin politique soit-il, Louis XVIII a l'art de hérisser le bon sens français qui, par-delà les intérêts, les opinions, les classes sociales, est un observateur impitoyable des erreurs du pouvoir. Si légitimiste soit-il au début de son règne, il ne passe aucune bévue ni aucun ridicule au monarque. Comment a-t-il pu gâcher le bon mouvement, ou plutôt le réflexe intelligent, qui lui a fait accorder la Charte – même si le terme Constitution eût été mieux choisi – en employant le mot de « concession » et, plus démodé, celui d'« octroi ». Une liturgie qui sent le renfermé et l'obsolète de l'Ancien Régime. Quant au préambule, il se termine par une expression d'une auguste désuétude qui apparaît autant comme un vestige des temps mérovingiens que comme une folle provocation : « Donné à Paris, l'an de grâce 1814, de notre règne le dix-neuvième ». Abolis donc, d'un coup de plume, le meilleur et le pire : les institutions, le Conseil d'État, les départements, les préfets, le Code civil, le Concordat, Austerlitz, Wagram, l'Institut, la campagne de Russie, la gloire, l'héroïsme, la Légion d'honneur. Et qui célèbre-t-on en grande pompe ? Des assassins comme Cadoudal, des traîtres comme le général Moreau ou Pichegru ; qui place-t-on comme ministre de la Guerre ? Le général Dupont qu'on a sorti de prison, qui après avoir sabré dans les champs de bataille sabre dans les budgets de l'armée pour la réduire à quia. Une ordonnance du roi réduit l'infanterie de 200 régiments à 107, la cavalerie de 99 régiments à 61 ; l'artillerie de 339 compagnies à 184 ; le génie de 60 compagnies à 30. Dix mille officiers, du général au lieutenant, sont écartés de l'armée. Plus de vingt mille sont mis en demi-solde, ce qui les condamne à une forme de misère. Situation dégradante autant qu'injuste pour des héros qui n'ont pas épargné leur sang.

La question des biens nationaux réapparaît. Certains aristocrates revendiquent leurs anciens biens ; des libelles crient à l'illégalité, Louis XVIII, soumis aux pressions, tergiverse. Talleyrand, se faisant le porte-parole des acquéreurs inquiets, lui demande de les rassurer. Pour couronner le tout, Beugnot, responsable de la police, publie une ordonnance obligeant à chômer le dimanche sous peine d'amende, décision qui, outre qu'elle est une entrave à la liberté du travail et une insulte faite au Concordat, apparaît comme un gage donné aux calotins. Les maladresses s'accumulent, on ne les compte plus. Dévalorisation de la Légion d'honneur, en la distribuant à tort et à travers et en privant les légionnaires des droits et des pensions qui l'accompagnaient ; rétablissement de la croix de Saint-Louis. Un signe ne trompe pas chez les militaires : certes, avec plus ou moins d'enthousiasme, ils saluent le drapeau blanc ; certes ils portent sur leur shako la cocarde blanche ; mais, dissimulée qui dans un havresac, qui au revers de son bonnet à poil d'ourson de grenadier, ils conservent amoureusement leur vieille cocarde tricolore. Pour rien au monde ils ne s'en sépareraient. Elle a été le témoin de leur histoire, de leur gloire, de leur vie. Souvent dans les garnisons, en dépit des sanctions, la troupe crie « Vive l'Empereur ». Et quand on leur demande de crier « Vive le Roi », beaucoup en sourdine rajoutent « de Rome ».

Flahaut ressent cette désillusion collective. Il partage l'humiliation de ses frères d'armes. Quelle pitié de voir ces hommes dont il a pu mesurer le courage et l'abnégation réduits à une quasi-mendicité. L'ingratitude dont ils pâtissent le blesse comme une injure personnelle. Il communie avec eux dans cette religion des souvenirs glorieux que l'on piétine. Il souffre de voir distribuer les insignes de la Légion d'honneur à d'anciens brigands et à des assassins. Ce qui le blesse par-dessus tout, lui qui n'éprouve aucune hostilité envers la monarchie, bien au contraire, et qu'il n'arrive pas à comprendre, c'est comment les Bourbons sont parvenus en si peu de temps, par leur maladresse, à la faire haïr. Homme de son temps, il ne partage plus rien avec ces vieilles badernes, sorties d'un grenier poussiéreux, qui n'ont plus aucun lien avec l'époque présente. Sur le plan personnel, il sent une sourde animosité venant des Tuileries. Le duc de Berry lui manifeste ouvertement une hostilité teintée de mépris. Mais c'est surtout le maréchal Soult, devenu son ministre, qui lui cherche des noises. Même si on n'a rien de précis à lui reprocher, on regarde d'un mauvais œil les relations qu'il continue d'avoir avec des suspects de bonapartisme, tous ses compagnons d'armes dont il a partagé la gloire et les deuils, comme son inséparable ami La Bédoyère.

Le nouveau pouvoir, tatillon, lui reproche son amitié

pour les maréchaux Exelmans, Ney, Oudinot, Davout. Autant dire son passé. La sanction disciplinaire tombe : dans une injonction aux accents de lettre de cachet, le ministre l'envoie à Périgueux. Flahaut refuse. Soult menace. Sans succès. Désormais les ponts sont rompus. Flahaut a brisé ses dernières attaches avec le nouveau régime. Que fera-t-il ? Il n'en sait rien. Une seule certitude : il est disponible pour une nouvelle aventure. Comme tant d'autres, il tourne son regard vers une petite île de la Méditerranée.

5

Une épaisse brume enveloppe l'ermitage de San Martino, en ce mois de décembre qui commence. Seules quelques trouées permettent d'apercevoir l'île en contrebas. La fraîcheur glace les os. Pourtant le soleil ne demande qu'à apparaître sous la brume. Le proscrit est venu se réfugier dans son ermitage. Devant un grand feu qu'il tisonne, il médite tandis que la nuit tombe. D'ailleurs qu'a-t-il jamais fait d'autre : agir ou méditer. Mais la méditation chez lui n'a rien d'une activité mentale paisible et mesurée : comme le feu qu'il contemple, il y a du feu chez cet homme-là. Un feu violent qui ne ressemble pas à ces incendies que provoquent les bergers corses qui, effleurant l'épiderme du sol, ne brûlent que superficiellement le maquis pour le faire mieux reverdir ; non, un feu venu des profondeurs de la terre, créateur, qui met en fusion des roches et fond le granit comme une vulgaire bougie. C'est au cœur même du volcan qu'il semble s'alimenter et puiser son énergie. Ce n'est pas un hasard si un congressiste de Vienne l'a comparé au « Vésuve trop près de Naples ». Cette Vienne frileuse, douillette, assoupie dans l'archaïsme et les rites monarchiques millénaires, tremble de voir remise en cause son antique rente de situation mise à mal par l'élan révolutionnaire. Elle voit en lui plus qu'un ennemi, un ferment de dissolution. Les vieilles perruques voudraient bâillonner ce trublion, sans comprendre qu'il incarne quelque chose d'encore plus grand que lui, d'encore plus irrésistible : le monde en marche.

Esprit démultiplié, il est capable de sérier plusieurs questions à traiter et de les résoudre presque simultanément, passant sans transition du plus haut au plus bas, du plus grand au plus petit, d'une lecture de Plutarque – qu'il relit sans cesse – à la solde impayée d'un grenadier ; d'une lettre au grand-duc de Toscane pour lui demander d'intercéder auprès de Marie-Louise à des questions subalternes touchant un domestique suspect à qui il faut donner son congé ; de l'analyse des informations en provenance du congrès de Vienne à des discussions oiseuses avec Pons de l'Hérault sur les rentes auxquelles les mines de fer lui donnent droit. Il analyse en même temps la dernière déclaration du roi George III à Buckingham tout en cherchant comment apporter des remèdes aux prostituées de Portoferraio touchées par une épidémie de maladies vénériennes. Sa tête jamais en repos que rien ne parvient à fatiguer, contrairement à son corps qu'il épuise dans des chevauchées aux quatre coins de l'île, est en permanence à l'affût de l'information qui le décidera à agir. C'est un pragmatique et un visionnaire, il n'a aucune idée préconçue, son seul maître en matière d'action : les circonstances. Mais son but, sa vision, elle, n'a jamais varié, jamais. Il n'y sacrifiera rien. Ni son confort ni même sa vie.

De la même façon qu'en stratège il étudiait minutieusement le terrain à la veille d'une bataille, faisait envoyer des espions pour connaître le mouvement et aussi le moral des troupes adverses, ne laissant rien au hasard, s'informant même du temps qu'il ferait, il ne prend de décision que lorsqu'il a recoupé plusieurs fois les informations reçues. C'est alors seulement que, s'appuyant sur son intelligence, son prodigieux instinct lui montre le chemin.

Le calcul est vite fait. Sa situation d'assiégé lui apparaît dans toutes ses dimensions. Mais il doit aussi se méfier du piège qu'on lui tend. Premier atout, Marie-Louise, pièce maîtresse dans son jeu. Il sait maintenant qu'elle ne viendra pas. Prisonnière de son père, de sa faiblesse de caractère, de sa sensualité, il n'a rien à attendre d'elle. Ce qui signifie que l'empereur d'Autriche, non seulement ne fera pas un geste en sa faveur, mais mettra tout en œuvre pour l'éliminer. Ce gendre fauteur de désordre n'est plus qu'un insecte nuisible qu'il voudrait oublier. Les Bourbons ? Le pingre Louis XVIII ne se résout pas à lui verser les deux millions de rente auxquels l'a contraint le traité de Fontainebleau. Il peut en faire son deuil. La rancœur du monarque est un puits sans fond. Mesquin, il n'a pas la magnificence du tsar qui aurait plus de raisons que lui de lui en vouloir. Or, sans cet argent, c'est la faillite assurée. Ce ne sont pas les bijoux de Pauline ou de Marie Walewska qui lui permettront d'équilibrer son budget. Il va droit à la ruine. Et ce qui découle de cette ruine, c'est l'obligation de licencier sa Vieille Garde. Et que sera-t-il sans ses grenadiers ? Un homme nu, sans défense, proie idéale pour les sicaires du chevalier de Bruslart.

Quant au congrès de Vienne, que peut-il en attendre ?

Il connaît les protagonistes. Il les a tous pratiqués ou achetés. Les bruits qui lui parviennent n'ont rien de rassurant. Les congressistes, répétant que son île est trop proche, se font concurrence pour lui trouver un exil dans les destinations les plus lointaines. On parle de Sainte-Lucie, dont le climat délétère aurait l'avantage de raccourcir ses jours, de Sainte-Hélène, de…

Il fait le compte de ses soutiens. Ils ont fondu comme neige au soleil. Sans doute Murat, qui regrette de l'avoir trahi, reste-t-il récupérable. Mais quelle confiance peut-il avoir en lui ? En réalité, ses seuls soutiens, ce sont ses ennemis : Louis XVIII, qui a gâché sa chance en ne comprenant rien aux aspirations des Français, et les faux alliés réunis au congrès de Vienne qui ne nourrissent aucun projet commun et ne s'entendent sur rien hormis la frousse qu'il leur inspire.

Ce boulimique d'informations actionne les réseaux qu'il a mis en place dès son arrivée dans l'île pour forcer le blocus de sa correspondance par les Autrichiens. C'est ainsi qu'il utilise des messagers personnels, amis, domestiques, invités de marque, pour recueillir des nouvelles ou adresser des messages, trompant la surveillance du consul Mariotti et de ses sbires, comme le marchand d'huile de Portoferraio. La toile de renseignement qu'il a tissée passe par Rome où vit son oncle, le cardinal Fesch, elle remonte jusqu'à Gênes, plus haut encore jusqu'à Vienne où son ancien secrétaire, Méneval, le tient aussi informé. Enfin, en France, il a de mystérieux correspondants à Grenoble, et à Paris grâce à Maret, duc de Bassano, son ancien ministre des Relations extérieures. Outre ces soutiens répertoriés, il n'a pu susciter pendant quinze ans de règne tant d'admirations, de passions sans avoir gardé de fidèles attachements, tout prêts à le servir et même à se sacrifier pour lui. Une foule de bonnes volontés mais que rien ne relie. Aucune conspiration n'est là pour les animer. Si tout le monde l'espère, personne n'ose croire à son retour. Sauf lui.

C'est pourquoi on voit parfois débarquer d'un canot, le soir, sur une plage déserte, de mystérieux visiteurs, parfois des visiteuses, qui, le visage dissimulé, sont conduits jusqu'aux Mulini et repartent le lendemain à l'aube. Il a des agents à sa disposition, souvent des Corses fidèles, Cipriani, Poli ou Sisco, tous trois à sa dévotion. Ou encore Marie-Élisabeth Sicurani, veuve du général Cervoni qui, vivant à Marseille, sert de boîte à lettres. Les Bourbons ne comprendront jamais la fascination qu'il inspire : sans doute Louis XVIII aussi a-t-il des fidèles, des affidés, mais qui servent plus la monarchie que le monarque. Et qui aimerait cet homme froid, infatué, sarcastique, qui n'aime personne ? On le respecte, on ne peut l'aimer. Tandis que le grand proscrit sait à quel point il a suscité des passions ; on l'a trahi, certes, mais on l'a aimé. Et il sait que cet amour n'a pu s'évanouir, que la maladresse des Bourbons, loin de le faire oublier, l'a ranimé.

S'il possède une qualité d'homme d'État, c'est bien son art de la dissimulation. Ne se confiant à personne, ne donnant à ses proches que des bouts de confidence, des bribes d'information, nul ne peut percer ses secrets. Il est extraordinairement habile pour dissimuler ses intentions. Il brouille les pistes à plaisir. Il sait le danger des hommes qui parlent : au café, au lit, ce sont des passoires. On se perd en conjectures à son propos. Restera, restera pas ? Un véritable casse-tête.

Lui-même le sait-il ? Bien sûr. Il ne serait pas l'homme qu'il est si ce pari fou ne s'était imposé à lui dès le lendemain de son arrivée dans l'île. Il a une expression favorite : la poire n'est pas mûre. Car tout dans l'action est une question de circonstances. Agir n'est pas un but en soi. La réussite réside dans l'à-propos. Certes il connaissait les limites de Louis XVIII et de son personnel politique, leur inadaptation au climat de l'époque, mais il ne soupçonnait pas qu'ils commettraient aussi vite autant d'erreurs. L'idéal pour lui serait une mésentente des alliés, mieux, une guerre entre l'Autriche et la Russie, qui peut encore se produire. Sa certitude, c'est qu'il agira comme il l'a toujours fait. Par surprise. Prendre l'adversaire au dépourvu. Sans attendre que le piège se soit refermé. Un secret qui lui a réussi : rester le maître de l'initiative. Choisir le jour, l'heure, la minute.

6

Une foule agitée et bon enfant se presse pour observer les célébrités qui franchissent le grand escalier de la Hofburg où plusieurs haies de soldats se tiennent au garde-à-vous dans leur uniforme de parade. Le Viennois est badaud dans l'âme. Il semble n'avoir d'autre but dans la vie que de se divertir du spectacle des têtes couronnées, des princes et des princesses, de leurs carrosses. On applaudit. Les cloches des églises carillonnent. Des volutes de musique parviennent jusqu'à la foule. Beethoven est de la partie. Sa cantate créée pour l'occasion, « Le grand moment », *Der glorreiche Augenblick*, est l'objet d'une ovation. Aux dires des habitués de la Cour, jamais le palais impérial n'a brillé d'un tel faste. Scintillant de lumières, mis en valeur par l'éclairage des lustres et les porteurs de torches, le palais ressemble à un immense vaisseau de cristal voguant dans la nuit. Déjà somptueux en lui-même, riche de tous les trésors accumulés par les Habsbourg au long des siècles, il resplendit. L'empereur et l'impératrice semblent avoir voulu donner à cette fête un éclat particulier. Ils savent que leurs invités prestigieux, venus de tous les coins de l'Europe, colporteront dans leur pays les prodiges de raffinement et d'élégance dont ils auront été les témoins éblouis. Le bal costumé est précédé d'un dîner de deux cent cinquante couverts. Chaque convive est servi par un laquais habillé à la française qui se tient derrière lui. Le thème donné à la soirée par l'impératrice est le blanc et le rose et toutes leurs interprétations possibles et imaginables. La tenue de soirée pour les hommes est le grand uniforme de gala ou le frac noir et bleu. Et le masque ou le domino sont de rigueur.

Dès le dîner terminé dans la grande salle, tandis qu'on débarrasse les tables, le prince boiteux, appuyé sur M. de Labrador, l'ambassadeur d'Espagne, s'est transporté dans un petit salon attenant tendu de velours rouge, en compagnie de convives qui ne dansent pas. Force alcools et liqueurs sont servis. On a disposé des tables de whist. Le prince répugne à danser – et pour cause. Plus que son pied infirme qui est un incontestable handicap, c'est une répulsion morale qui l'écarte des pistes de danse. Cet être immoral, sans foi ni loi, parjure, apostat, n'apprécie pas que l'on mélange les négociations politiques, toujours graves puisque le destin des peuples est en jeu, et les parties de plaisir.

Il observe sévèrement le spectacle de cette frivolité, contrairement au prince de Metternich qui s'y ébroue délicieusement, se jetant éperdument dans les danses, les contredanses, les valses, les quadrilles, comme un jeune homme de vingt ans. D'ailleurs le prince boiteux ne dissimule pas sa désapprobation, estimant que cette légèreté, qu'il s'empresse de dénoncer à Louis XVIII, constitue une calamité. Il est vrai que, outre sa paresse légendaire, les maîtresses de Metternich lui prennent beaucoup de temps. Notamment la dernière en date, Wilhelmine, la duchesse de Sagan, qui semble l'ensorceler. Mais de ce point de vue, qui à Vienne, quel ministre, quel monarque, peut s'ériger en modèle de vertu ? Les uns et les autres profitent de ces grandes vacances laborieuses, à l'enjeu pourtant capital, pour se livrer au mieux à l'adultère, quand ce n'est pas à la débauche avec les grandes courtisanes européennes que ce rassemblement attire comme les libellules aux premiers signes du printemps. Le tsar Alexandre, qui a expédié la tsarine aux eaux de Baden, tient le pompon dans la frénésie amoureuse. Les Viennois disent qu'il est atteint de « dansomanie ». Non seulement il fait du chantage à Wilhelmine, la menaçant de la spolier de ses terres russes si elle ne rompt pas avec Metternich, mais il se montre très occupé d'un masque avec un grand chapeau à plume noire qui n'est autre que la comtesse Esterhazy. Ce qui ne l'empêche nullement de s'exhiber chez la princesse Bagration qu'on surnomme « le bel ange nu » en raison de ses décolletés provocants qui mettent en valeur son orgueilleuse poitrine. On dit qu'elle partage ses faveurs avec Metternich. Autre chaud lapin, le prince Eugène, qui accumule les maîtresses, comme son beau-père accumulait les pays conquis : il passe de Mme Orondi, femme d'un négociant de Karlsruhe, à l'actrice Séraphine Lambert, tout en se rendant fréquemment au 302 Foebergasse chez une Mme Suzanne qui a une fille ravissante.

Les diverses coucheries sont soigneusement épiées et consignées dans les registres secrets du cabinet noir sur lequel règne le chef de la police, le baron François Hager. Et bien sûr transmis à l'empereur, très friand de potins.

Hager a réussi à placer des agents chez tous les participants au congrès ; cela va de l'espion patenté aux femmes de ménage qui recueillent les brouillons des lettres dans les corbeilles, dénommés dans le jargon de Hager des « chiffons ». Cette moisson d'informations mêle les manigances de Murat pour conserver son trône, les projets d'enlèvement de Bonaparte, des indiscrétions provenant des loges maçonniques, les frasques du grand-duc Constantin qui, pour se faire pardonner son incartade avec l'actrice Séraphine Lambert, a offert des boucles d'oreilles en diamant à la comtesse Defours, achetées chez le bijoutier Neuling. On y apprend que tout ce beau monde y est sujet à des coups de pied de Vénus et qu'il a recours à un M. Mayer, ancien officier, qui vend des remèdes très efficaces contre les maladies vénériennes. Pourquoi pas ces potions de Rob l'Affecteur que cette peste de Blacas soupçonnait Pauline d'employer comme remède à sa prétendue syphilis ? Voilà à quoi ces princes passent leurs nuits tandis que, pendant la journée, ils s'entredéchirent dans d'âpres discussions dont l'enjeu n'est autre que le sort de la Saxe et de la Pologne et bien sûr du grand proscrit.

Le prince boiteux s'est retiré dans un petit salon tendu de damas rouge attenant à la grande salle, en compagnie du prince Léopold de Naples, de l'ambassadeur d'Espagne et du prodigieusement habile cardinal Consalvi. À la table voisine, Lord Castlereagh s'entretient avec le roi de Prusse, le visage toujours maussade. Le grand diplomate, qui s'est empressé de ranger dans les profondeurs d'un tiroir son titre de prince de Bénévent, rappel discordant d'un passé proche, n'est pas homme, en politique, à se laisser distraire. Son opiniâtreté porte ses fruits. Arrivé en septembre comme un invité indésirable, il est devenu indispensable. Et ce rôle de première importance, chacun l'admet, il ne le tient pas en raison du pays qu'il représente, mais grâce à son intelligence, à son art consommé des négociations diplomatiques. La conversation porte sur Murat, le roi de Naples. Le prince, qui désormais exècre les deux beaux-frères, qu'il aimerait voir disparaître, cache son jeu. Il n'abattra ses cartes qu'au moment décisif. Il avance masqué, ce qui est à proprement parler le cas car il porte un domino en velours noir. Mais le plus habile de ses masques, ce sont les grands principes dont il se pare. En l'occurrence, la légitimité. Comment admettre, feint-il de réfléchir à haute voix, le maintien de Murat à Naples, trône éminemment usurpé, si l'on veut maintenir le principe de la légitimité ? Et cela quoi qu'il en coûte à l'amour-propre – et aux scrupules s'ils en ont jamais eu – des Autrichiens qui ont conclu un accord de paix avec lui. Le cardinal Consalvi, qui comprend tout, admire en habitué des subtilités de la Curie l'habileté de son interlocuteur. Mais celui-ci s'interrompt subitement, comme s'il était frappé par une autre idée. Son visage rosit légèrement, signe de forte émotion chez cet homme d'une pâleur légendaire. Il vient de voir passer dans l'embrasure de la porte sa nièce Dorothée de Périgord, enlacée avec le séduisant comte Carl Clam-Martinitz.

Ce n'est pourtant pas une surprise, il n'ignore pas la liaison de sa nièce avec le jeune diplomate. Mais de la voir soudain s'épanouir sous ses yeux provoque en lui une terrible souffrance. Il aime Dorothée de tout son cœur, son vieux cœur, mais ce cœur-là vieillit-il ? Il aime sa personnalité fantasque ; il l'aime aussi physiquement, charnellement, en dépit de tout et de tous. Rarement autant d'obstacles se sont élevés sur le chemin d'une passion amoureuse. Fille de son ancien amour, la duchesse de Courlande, avec laquelle il garde de tendres liens, mariée à son neveu Edmond, dont elle a deux enfants, elle a vingt et un ans, il en a soixante. Sa liaison avec Clam-Martinitz n'est pas non plus un obstacle, elle ne l'a pas détournée de lui. Pas plus qu'en bonne égoïste elle n'a l'air de se soucier de ses deux enfants qu'elle a abandonnés à Paris. La fibre maternelle n'est pas son fort. Elle fait partie de ces femmes qui compartimentent leurs amours. Rien n'arrête cette superbe créature qui, sentimentalement, ne respecte aucun contrat d'exclusivité : elle ne juge nullement incompatible d'avoir un amant de cœur pour danser, courir les fêtes, les courses en traîneaux, les redoutes, de s'accorder des passades avec des soupirants d'occasion, et, en secret, d'entretenir avec un homme qui pourrait être son grand-père des relations tendres et voluptueuses qui bien entendu doivent se dérouler sous le sceau du secret, quand les portes du palais Kaunitz sont closes, les domestiques couchés, les lustres éteints, et que ne résonne plus dans la pénombre que le tic-tac des cartels. Elle est de ces âmes d'élite qu'aucune convention, aucun principe, n'arrête sur le chemin du plaisir. Et avec le prince, voluptueux et sentimental autant qu'on peut l'être, elle n'a pas trouvé un homme trop à cheval sur la morale. N'est-il pas l'amoralité même ? Ce qui n'exclut nullement le sentimentalisme. Une mystérieuse complémentarité les unit. Ils s'échangent, sur un registre secret qu'eux seuls comprennent, des trésors d'expérience contre le cadeau de la jeunesse, les sortilèges de la beauté contre les prodiges de l'intelligence, et rien de tout cela ne leur paraît un factice arrangement d'intérêt. Aussi étrange que cela paraisse, ce commerce occulte leur est aussi naturel, aussi simple, que de respirer.

Cette liaison au bord de l'inceste ne peut se comprendre que dans le cadre d'un monde particulier adonné totalement aux plaisirs, ceux du corps, de la fête, tout en ne négligeant aucune de ces hautes préoccupations que sont l'esprit, l'ambition et la quête du pouvoir. Élevés dans les valeurs monarchiques et princières, les conventions sociales ne sont en rien des barrières à leurs sentiments. Dans l'ordre amoureux, ils estiment qu'ils peuvent tout se permettre puisque tel est leur bon plaisir. La morale bourgeoise, faite de pudibonderie et de soumission aux conventions, n'a aucune prise sur eux. Quant au qu'en-dira-t-on, ils le surplombent de leur mépris.

Le prince souffre de l'infidélité de Dorothée. Ce défaut, il le sait, est inséparable de sa personnalité fantasque. L'amuserait-elle autant sans le piquant d'une liberté que rien ne bride ? En réalité elle lui ressemble. Serait-elle ce qu'elle est sans ces contradictions ? C'est une femme de glace aux élans brûlants. Il adore ce mélange de sérieux et de futilité qui fait d'elle en quelques minutes l'observatrice politique la plus froide, la plus sagace, la conseillère la plus avisée, ou la jeune fille frivole qui attache autant d'importance au rôle qu'elle tiendra bientôt dans *Armide*, à la robe qu'elle choisira pour l'occasion, aux bijoux qu'elle portera. Depuis qu'en Courlande un professeur d'art dramatique lui a fait découvrir la comédie, monter sur les planches est devenu une passion. Cet emballement a été sa providence dans sa jeunesse solitaire. Il l'a prémunie contre l'ennui des longues soirées lugubres du château de Sagan. Et plus encore contre son démon, cette boule noire de désespoir qui à certains moments l'accable. Elle y excelle ; la société aristocratique exigeante devant laquelle elle joue n'hésite pas à la comparer aux plus grandes comédiennes comme Mlle Mars. Que cherche-t-elle dans ces rôles qu'elle répète inlassablement ? Un dédoublement qui flatte son besoin d'être admirée, ou une diversion qui lui permet de s'évader d'un désarroi intérieur que nul ne peut soupçonner tant elle donne l'image d'une perfection éclatante ?

Le prince ne peut s'empêcher d'être frappé par le concours de circonstances, sorte de hasard vertigineux, qui place sur son chemin ce bellâtre de comte Clam-Martinitz : celui-ci faisait partie, il y a à peine quelques mois, de la délégation autrichienne conduite par le feld-maréchal Koller, qui accompagnait l'Empereur déchu à son départ de Fontainebleau. C'est lui, Clam, qui a proposé de lui prêter son uniforme pour lui éviter d'être pris à partie par la foule menaçante avant son arrivée à Fréjus. Comme si décidément l'ombre du grand proscrit ne le quittait pas. Domptant son trouble, il a repris la conversation avec le cardinal. Toujours les mêmes rengaines, Murat, la Saxe, la Pologne. Les congressistes sont passés maîtres dans l'art d'éluder les décisions. En réalité, et c'est une ironie du sort, il est le seul à tenter de les sortir de leurs appétits territoriaux pour les ramener à une ligne directrice commune. Un de ses mots a d'ailleurs fait florès : « Je crois qu'on fait jusqu'ici plutôt la guerre aux succès de Bonaparte qu'à ses principes. » Soudain il sent une main lui caresser affectueusement la nuque. Dorothée est là, toute luisante de sueur, haletante, sa belle poitrine palpitante. Elle se penche vers lui et lui murmure à l'oreille : « Allez, ne boudez pas votre petit marsouin. Je vous verrai demain matin. » Cette attention tendre verse un baume sur son cœur. Elle efface sa grincherie. Un sourire s'esquisse sur les lèvres de cet homme qui ne sourit jamais. La vie est belle, se dit-il, à quoi tient le bonheur, à un geste, à un mot. À une promesse.

7

Dieu qu'il est agaçant ce roi de Naples dont Talleyrand veut la peau ! Et il n'est pas le seul. Toutes les rancœurs se concentrent sur lui. Hâbleur, arrogant, exhibitionniste, il parodie les attitudes en les forçant jusqu'au ridicule de celui auquel il doit tout. C'est aussi un homme attachant qui se ressent de ses origines modestes. Il a fallu bien du mérite au fils de l'aubergiste de Cahors pour arriver à un trône. Son parler rocailleux, son accent aillé, ses manières un peu lourdes le handicapent dans les labyrinthes du protocole. On peut dire qu'en lui se rassemblent autant de qualités que de défauts qui se combattent pour lui nuire, sources de sa gloire et instruments de sa perte. Vaniteux autant qu'on peut l'être, gonflé de sa personne comme un dindon empanaché de gloriole, le même homme est toujours prêt à risquer sa vie. À la guerre, jamais il ne se ménage ; il ignore la prudence, il joue à chaque instant le tout pour le tout. Mais ce que sa vanité lui cache, c'est que, sabreur fantastique, admirable au combat, il est surtout un formidable exécutant. Nullement un stratège. Il ne faut pas compter sur lui pour concevoir des plans de bataille sophistiqués. Empirique, instinctif, intuitif, il devine l'action à mener. Alors rien ne l'arrête, d'une fougue inépuisable, d'une bravoure sans exemple, il affronte la mort sans compter. Comme un homme qui n'a rien à perdre alors que tant d'autres dans sa situation ménageraient leurs arrières : ces possessions immenses qu'il a acquises, le château de Neuilly, le palais de l'Élysée, le royaume de Naples. Mais, au feu, son tempérament guerrier reprend le dessus : il oublie toute prudence, s'élance à fond, toujours à la tête de ses cavaliers. Une fois l'exploit obtenu, son mauvais génie reprend le dessus. Susceptible, cabochard, mauvais camarade, prêt à se défausser de ses erreurs sur ses rivaux et n'hésitant pas à usurper leurs succès, ce n'est pas ce qu'on appelle un beau caractère. Est-ce même un caractère tout court ? Sous son encombrant génie guerrier, il y a des failles. Sa vanité le conduit à l'ingratitude, pis, à l'aveuglement sur lui-même. Il n'est capable ni de recul ni de réflexion. La lucidité n'est pas son fort, pas plus que la maîtrise de soi.

C'est surtout un héros de légende. Comme Achille. Murat sur son cheval électrise ses hommes ; sa bravoure au milieu de la mitraille et des boulets lui a donné la réputation d'être invincible. À son nom sont attachées pour toujours les victoires d'Aboukir, de Marengo, d'Iéna. Au tsar, il rappelle le mauvais souvenir de Borodino. Qu'il ne soit pas à sa place sur un trône, qu'il détonne au milieu des usages policés d'une cour, c'est indéniable. Pourtant il a autant de mérites après tout que beaucoup de ceux qui ne se sont donné que la peine de naître, et se montrent tout aussi insuffisants dans l'exercice du pouvoir. Les Bourbon-Siciles, tout cousins de

Louis XVIII qu'ils soient, n'ont pas fait la preuve de leur génie politique. Ferdinand Ier ne se montrera pas beaucoup plus doué que lui pour maintenir l'indépendance de son royaume face aux appétits autrichiens. Murat a contre lui d'être incapable de mûrir longtemps un projet politique et de s'y tenir. Hésitant, lassant ses interlocuteurs par son indécision et sa versatilité, lui font défaut la cohérence et la réflexion qui ont fait le succès de Bernadotte en Suède. Corps puissant mais esprit faible, il lui manque le conseil solide d'un caractère fort qui puisse l'aiguiller et le rassurer : ce que n'est nullement Caroline, qui partage ses défauts. Il faut dire que ces deux-là se sont bien trouvés : vaniteux, ingrats, dominés par une sensualité tyrannique, ils ont aussi peu de scrupules que le couple Macbeth. Trop pusillanimes pour n'être jamais effleurés par des pensées hautes comme le sens de l'honneur, aussi peu doués l'un que l'autre pour le sacrifice, mais pas assez astucieux pour mener comme Talleyrand la politique de leur reniement et de leur cynisme. Ils ne sont que des amateurs pris au piège de leurs erreurs. Incapables ou trop lâches pour briser leurs liens avec l'Empereur, auquel ils doivent tout, ils n'hésitent pas cependant à le trahir en portant leurs armes contre les Français. Une inconséquence qui aura pour eux des suites tragiques.

Dans son fastueux palais, le Palazzo Reale, qui n'a pas assez de miroirs pour qu'il puisse s'y mirer, Murat fulmine de ne pas être invité à Vienne. Un mauvais signe. Le roi de Naples, malgré son ralliement tardif à la coalition, reste pour les congressistes un pestiféré. Doublement associé au grand proscrit de l'île d'Elbe, par la gloire militaire et par son mariage, il ronge son frein. Son intelligence a beau être limitée, surtout obscurcie par la vanité, la sienne et celle de Caroline, il ne voit pas d'un bon œil cette assemblée de calotins, confits dans les traditions monarchiques. Il présage qu'on lui prépare un mauvais coup. Talleyrand et le pape feront tout pour l'éliminer. Quant aux Autrichiens, dont la fourberie n'est plus à démontrer, ils le défendront pour la forme, tout en lui savonnant la planche.

Certes, il rêve toujours d'être l'artisan de l'unité de l'Italie. C'est une ambition qui en elle-même est fondée même si elle garde un caractère d'utopie. Les esprits y sont préparés. Mais les forces politiques contraires la découragent. Sa tentative de la réaliser par la force en envahissant la Sicile n'a pas été un succès. Après l'exclusion de ses plénipotentiaires du congrès, il sait qu'il ne lui reste qu'un seul soutien, Metternich. Uniquement parce que celui-ci a peur de lui. Il craint qu'il n'embrase l'Italie au nom de ce principe qui enflamme les têtes : l'*indipendenza italiana* pour reprendre le titre de l'opuscule du général Pepe qui fait fureur. Metternich résiste aussi aux pressions de Talleyrand parce que cette élimination engagerait sa parole donnée, des traités dûment signés. Peut-être – rien n'est moins sûr – a-t-il gardé un peu de sa vieille tendresse pour Caroline, sa maîtresse, quand il était un jeune ambassadeur à Paris. L'empereur François paraît plus circonspect. N'a-t-il pas laissé tomber, lui qui n'est pas connu pour être un sphynx, une phrase en forme de prédiction : « J'espère que le roi de Naples sera l'artisan de sa propre ruine. »

L'unification de l'Italie, qui est la grande idée de Murat, est un rêve partagé. Chaque habitant de la péninsule aimerait voir se réaliser le projet de Dante. N'a-t-il pas été au bord de réussir avec le royaume d'Italie créé par Bonaparte ? Les loges maçonniques, les carbonari, dans leurs cénacles secrets, tous les ennemis du pape et de l'Autriche dont la mainmise devient une évidence, communient dans cet espoir. Leurs yeux sont tournés sans illusion vers le congrès de Vienne qui concentre les ennemis de leur espérance, à commencer par les Autrichiens. Les espions du baron Hager ne cessent d'alerter l'empereur et Metternich de la fermentation des esprits. Un Murat subtil, si ce n'était pas un oxymore, pourrait habilement tirer parti de cette menace de rébellion contre les envahisseurs autrichiens. Mais il ne faut pas être un prodige d'intelligence pour comprendre que cette sainte alliance, enfermée dans ses principes obsolètes, refusera de prendre en compte la mobilisation des idées nouvelles. Elle ira dans une direction totalement opposée, créant chez les Italiens un facteur de désillusion de plus.

Murat a tenté de faire partager cette ambition à son beau-frère. Le proscrit de l'île d'Elbe, qui a jugé à leur juste prix depuis longtemps les capacités politiques de son brillant général, ne l'a pas dissuadé. Au contraire, puisqu'il est de son intérêt de laisser cette porte ouverte. Il encourage habilement ceux qui croient que s'il s'évade sa seule issue sera de recréer un empire italien.

Murat se tient en permanence informé de ce qui se passe à Vienne. Ses actions sont tantôt à la hausse tantôt à la baisse. La menace d'une guerre entre l'Autriche et la Russie l'a rassuré. Ce serait une bonne occasion pour les Autrichiens de relâcher leur étreinte. Mais maintenant que les choses semblent s'arranger, il s'inquiète. Outre les espions et les informateurs, il a à sa disposition, quasiment à domicile, l'ambassadeur d'Autriche à Naples, Mier. Il sait que sa femme est sa maîtresse : après tout, tant de ses amants n'ont servi à rien, autant que celui-là serve à quelque chose. Mais Mier n'a aucune marge de manœuvre. Caricature de diplomate, son rôle consiste principalement à agir sur Caroline pour empêcher son mari d'exploser. Car le roi de Naples, nature entière, fougueuse, met facilement la main à l'épée. C'est justement ce que craint Metternich. Une explosion au mauvais moment.

Murat vit mal ce lien barbelé qui existe entre lui et le grand proscrit. Sa vie n'a été qu'un long effort pour s'affranchir de sa tutelle. Sa vanité lui dissimule qu'il ne serait rien sans lui. Juge de ses erreurs, il a été trop proche de lui pour ne pas avoir fait les frais des accès de son irascible caractère. Combien d'humiliations n'a-t-il pas essuyées ? Mais cela justifiait-il sa trahison ? En signant en pleine guerre un traité de paix avec Metternich, il a été l'un des artisans de sa défaite et de son abdication. Pourtant, si blessé qu'il ait pu être de cette défection au moment décisif, celui-ci n'a pas coupé totalement les ponts : il connaît trop les limites humaines – et celles de son beau-frère les illustrent trop bien –, et son inconséquence, pour s'en formaliser. Surtout il possède au plus haut degré cet art de ravaler ses rancœurs quand elles ne servent à rien. Il se dit que Murat, tout dévalué et peu fiable qu'il soit, peut encore servir.

8

Une nuit fraîche de décembre, sous un ciel étoilé, les gardes qui font des rondes autour du palais des Mulini surveillent particulièrement les abords du précipice qu'on imagine impossible à escalader. Un bruit suspect attire leur attention. Ils découvrent un homme caché dans un fourré au milieu des épineux. On le fouille, il est armé d'un poignard. Interrogé virilement par les soldats de Cambronne, il décline son identité. C'est un Corse entré clandestinement dans l'île. On tente de connaître les liens qu'il entretient avec le chevalier de Bruslart. Sans succès. Cambronne, qui n'y va pas par quatre chemins, est d'avis de le fusiller séance tenante. Le principal intéressé, aussitôt alerté, s'y oppose. Il lui suffit que la tentative ait échoué et que cela se sache. Cet échec dissuadera les imitateurs. L'apprenti assassin est réexpédié dans son île manu militari.

« L'air est plein de poignards », cette réflexion à l'époque de l'attentat de la rue Saint-Nicaise serait d'actualité. Car la brise froide qui souffle sur l'île d'Elbe ne porte pas le parfum des herbes sauvages du maquis, mais, venant de Corse, de Piombino ou de Livourne, une forte odeur de complots. On fomente de tout côté des tentatives d'assassinat ou d'enlèvement. On en débusque une presque chaque jour. Si elles échouent, c'est moins en raison de la volonté de leurs instigateurs que de la maladresse de leurs exécutants. Il faut dire que le grand proscrit possède une longue expérience en matière d'attentats contre sa personne. Les chiens de garde autour de lui, que ce soit Drouot ou Cambronne, exercent une vigilance de tous les instants.

L'imagination des comploteurs est sans limites. Déjà le comte de Maubreuil, un ancien officier chouan instrumentalisé par Talleyrand, s'était livré dans la forêt de Fontainebleau à une tentative d'enlèvement fantaisiste qui avait avorté. Mais Mariotti, le consul de Livourne, qui a de la suite dans les idées, a proposé à Talleyrand, « son altesse sérénissime », de réitérer l'entreprise en corrompant le capitaine Taillade du brick *l'Inconstant*, sans lui dissimuler les aléas funestes que ce projet peut contenir. Ayant eu vent de la machination, l'empereur d'Autriche et le tsar s'y opposent. Se compromettre dans l'assassinat d'un adversaire d'une telle dimension leur paraît en dessous de leur dignité. De Corse, le chevalier de Bruslart a délégué des sbires dans le même dessein. Ils sont appréhendés à leur descente du bateau sur le quai de Portoferraio.

Un autre complot, dans lequel aurait trempé Mariotti, consistait à payer les barbaresques algériens pour procéder à l'enlèvement du grand proscrit. Ainsi sa disparition n'aurait pu être imputée aux suspects qui avaient un intérêt direct dans son élimination, mais l'affaire capota. Celui-ci bénéficiait en effet depuis l'expédition d'Égypte d'un grand crédit de l'autre côté de la Méditerranée. Pons de l'Hérault raconte qu'un jour une felouque barbaresque se présenta dans la baie de Portoferraio. D'abord inquiet, on lui fit les sommations d'usage. Renseignement pris, il s'agissait d'un admirateur musulman qui présenta sa demande d'audience de manière inhabituelle : « Je viens voir Dieu. » Craignant une provocation ou un piège, Drouot préféra ne pas lui accorder l'audience qu'il sollicitait.

9

Comme chaque semaine le colonel se rend chez le marchand d'huile au café Buono Gusto. C'est une matinée ensoleillée. La vue sur les montagnes corses est magnifique : elles se dessinent, majestueuses, dans le lointain au-dessus d'une mer d'un bleu profond. Il aperçoit la gabare à la voile ocre qui franchit le môle. Il accélère le pas. Son cœur bat. Sur le chemin qui mène à l'échoppe, devant la porte de Mer, il tombe sur le commandant Lejeune, toujours chaleureux. Ce géant roux s'efforce de lui montrer qu'il ne lui tient pas rancune d'avoir été un adversaire coriace. Pour le colonel, le moment n'est pas propice à une discussion de vieux brisquards. Comment se débarrasser du sympathique officier qui semble en manque d'affection et lui emboîte le pas dans la direction du marchand d'huile ? Et le voilà qui lui propose justement un verre de grappa.

Heureusement le marchand comprend immédiatement la situation. Il n'exercerait pas cette profession s'il n'avait une grande habitude de ce genre d'imbroglio. Tandis qu'il sert les deux hommes, il glisse au colonel : « J'ai reçu de l'huile de San Gimignano. » C'est le mot convenu entre eux pour signifier qu'il a du courrier. Le colonel a du mal à dissimuler son impatience. Le commandant Lejeune, toujours très en verve sur son fait d'armes favori, raconte comment il a à cheval franchi la redoute de Munoz, dans la Sierra Madre, face à l'armée de Wellington. Tout y passe : sa blessure, la femme de l'alcalde qui est devenue sa maîtresse, la jalousie du mari. L'oisiveté de l'île ne vaut rien aux militaires. Ils se dissolvent en nostalgie.

Le colonel demande au marchand d'huile de lui faire un paquet de ses emplettes de San Gimignano. Dès que celui-ci s'est exécuté, le colonel prend prétexte d'un rendez-vous avec le capitaine de la *Partridge* pour laisser le commandant Lejeune à son soliloque. Sur le quai, il ouvre le paquet. La lettre est bien là. Il l'ouvre : il n'y a que ces mots : « *Carissimo amore. Vieni. Ti sto aspettando.* » Un brin de genêt d'Espagne est dans l'enveloppe. Il l'extrait et serre les pétales entre ses doigts. Ils exhalent le même parfum voluptueux qui le grise. Un voile rouge se pose sur ses yeux.

Il ne faut pas plus de trois heures, le colonel ayant donné ses ordres au capitaine de la *Partridge*, pour que la frégate appareille. Sur le pont, observant de sa lunette en laiton la côte de Livourne, il voudrait que le vent gonfle plus fort les voiles. Déjà il dévore la mer, il dévore le chemin qui le conduira à Lucques où elle l'attend. Déjà il sent l'odeur d'encaustique qui flotte dans l'appartement qu'elle a aménagé dans un vieux couvent. Comme si déjà elle était dans ses bras, comme si le prince Orsini n'existait pas, qu'il n'y avait plus qu'elle, enveloppée de son châle indien qu'elle laisse glisser pour mieux exhiber son corps nu. Elle a beau ne rien lui cacher de ses appas, tout impudique qu'elle soit, il se demande toujours ce qu'elle dissimule. Quel est ce secret derrière lequel elle se dérobe ? Ses élans ne parviennent pas à le rassurer. Ce qu'elle lui donne, avec tant de fougue, lui semble chargé de mystère. Qui est-elle vraiment ? Quel est son jeu ? Quelle foi peut-il accorder à ses protestations ardentes ? L'aime-t-elle comme elle le lui assure ? N'est-il qu'un pion dans d'obscures intrigues ? Est-il vrai que le prince Orsini a des accointances avec Murat ? Ne dit-on pas aussi qu'elle a fait le meilleur accueil au baron Hyde de Neuville à Florence ? Ardente et lunatique, il l'aime telle qu'elle est. Parfois même, emporté par la passion, il lui pardonne ses mensonges. Que sont-ils après tout en comparaison de ses étreintes ?

Un cheval l'attend sur le quai de Livourne. Après une heure de galop, il parvient à Lucques. Il ne pense plus à sa fatigue. Il monte le petit escalier enveloppé dans les effluves d'encens qui s'échappent de la porte de la chapelle. Il frappe : une vieille servante bossue, édentée, vient lui ouvrir. Elle lui tend une lettre. Il n'y a que ces mots, qui l'accablent : « *Carissimo amore. Impossibilità di venire. Mi dispiace. La prossima volta...* » De fureur il se frappe violemment la cuisse avec sa cravache. Il se jure qu'il ne la verra plus. Mais dès le lendemain, après une nuit affreuse où il ne cesse de la maudire, il ne pense qu'à la revoir.

10

Le souper est servi dans un service de vermeil prêté par Elisa. Les lumières des candélabres en argent scintillent sur les verres en cristal. Évidemment on est loin du faste des Tuileries où des valets de pied se tenaient debout derrière chaque convive. Tandis que le grand proscrit s'entretient avec Lord Edington qui lui manifeste des marques d'estime un peu outrées, gênantes même – ne l'a-t-il pas salué en se disant heureux d'être reçu par l'homme le plus extraordinaire de tous les temps ? –, il semble satisfait de toutes les informations qu'il a réussi à obtenir : il a véritablement essoré le lord. Il l'a abordé sans préliminaires : « Vous venez de France, dites-moi franchement : sont-ils contents ? » Celui-ci s'est empêtré dans des considérations générales. Il a enchaîné, ravi d'avoir l'occasion de livrer des secrets que lui avait confiés Lord Castlereagh sur les avancées du congrès. Il confirme le bruit dont les journaux se sont fait l'écho d'un exil plus lointain. On s'achemine vers la probabilité d'une déportation à Sainte-Lucie, ou alors à Sainte-Hélène. Ne manque que l'approbation du cabinet britannique – ce dont doute poliment le lord – et surtout celle du tsar. Rien de très nouveau sinon que l'on se dirige selon les plans de Talleyrand vers l'alliance de la France avec l'Angleterre et l'Autriche contre la Prusse et la Russie. Lord Edington, qui a été invité volontairement hors de la présence du colonel Campbell – celui-ci en est d'ailleurs furieux –, est le sixième lord à faire le voyage à l'île d'Elbe, après Lord Bentinck et Lord Douglas. C'est une nouvelle version du « grand tour ». Le proscrit, flatté de tant de marques d'attention de l'ennemi d'hier, a même accepté d'aller fêter sur la *Partridge* l'anniversaire du roi George III.

Tandis que s'ébauche maintenant entre les convives une conversation purement mondaine, il s'évade mentalement. Sans que rien dans sa personne, aucun signe sur son visage, le laisse soupçonner, son esprit a quitté les lieux. Il est ailleurs. Dans des espaces interstellaires. Tout entier intensément fixé sur une idée. Sa décision est prise. Elle s'est imposée à lui l'après-midi même. Comme une illumination. C'est le fruit subit d'un long mûrissement. Si cette décision lui appartient en propre, comme tout ce qu'il a entrepris, lui a-t-on vraiment laissé le choix ? Les puissances coalisées auraient voulu qu'il leur fausse compagnie, elles n'auraient pas agi autrement. L'absence des subsides annuels stipulés par le traité de Fontainebleau, que Louis XVIII s'obstine à ne pas lui verser, les menaces de déportation lointaine chaque jour plus précises, la quasi-séquestration de Marie-Louise et du roi de Rome ont participé à sa lente asphyxie. Les alliés pensaient user ses forces par mille vexations. C'était mal le connaître.

Comme la veille de la bataille d'Austerlitz, comme chaque fois qu'il a eu une décision importante à prendre, il analyse froidement la situation. Il échafaude son plan avec une rigueur toute mathématique. Rien n'est laissé au hasard, aucune part à l'improvisation. Tout est réglé dans le moindre détail. Il ne néglige rien. La mécanique qu'il va mettre en place doit être parfaite.

Il envisage toutes les éventualités. Il tient compte de chaque obstacle. Aussi bien des prochaines sessions du congrès de Vienne que de l'état de ses finances, sur lesquelles veille le sage Peyrusse. Il fait mentalement le compte de ses besoins en fourrage, en avoine, en lard salé, en tabac, en vin ; il se préoccupe du calfatage de *l'Inconstant*. Il calcule, et fait entrer tous les éléments dans son extraordinaire machine mentale pour résoudre un à un les problèmes posés. Et au-delà des contingences matérielles, il retisse la toile de ses soutiens en France, s'interroge sur la solidité de leurs promesses.

La principale garantie de succès, il le sait, réside dans le silence. Il ne dira rien à personne. Il est le seul à connaître sa destination. Même à sa mère. Il attendra la veille de son départ pour la mettre dans la confidence.

Au-delà de tous les calculs de probabilité, de son intelligence qui le rassure sur les chances de sa réussite, il confie sa décision à quelque chose de plus haut, de plus mystérieux, de plus irrésistible, de plus implacable : sa destinée.

Toute sa vie, il s'est plié au décret du destin. Et ce destin s'impose à lui aujourd'hui dans une lumineuse clarté, dissipant les hésitations qu'il a pu avoir. C'est ce destin qui l'a conduit depuis sa fuite d'Ajaccio pour échapper aux partisans de Paoli ; ce destin qui l'accompagne depuis le siège de Toulon en lui assurant cette protection qui l'a fait échapper à la balle qui a tué

Muiron au pont d'Arcole ; ce destin encore qui lui a permis de quitter l'Égypte sur une frêle frégate malgré la surveillance de Sir Sidney Smith ; c'est lui qui lui a épargné, à quelques secondes près, d'être pulvérisé par la machine infernale de la rue Saint-Nicaise ; lui encore qui pendant la campagne de France l'a protégé miraculeusement de la mitraille et des boulets. Sans le destin, que fût-il advenu de lui au cœur de ces enfers que furent les combats de Saint-Dizier, La Rothière, Champaubert, Montmirail, Arcis-sur-Aube ? Son heure n'avait pas sonné. Maintenant délivré du doute, confiant dans son intuition, se sentant au-dessus des circonstances, ne craignant aucun obstacle, il a le sentiment de s'appartenir. Il va sur le seul chemin qui convient à son génie : le sien. Celui de son étoile.

Quand Lord Edington lui pose une question sur l'avenir de la Saxe, une des turlutaines du congrès de Vienne, comme s'il sortait d'un rêve, il revient subitement à la réalité. D'un geste brusque, il renverse son verre de chambertin qui dessine sur la nappe blanche une forme hexagonale dont lui seul perçoit le symbole. Comme réponse, il se contente de sourire, de ce sourire charmant et juvénile si utile pour se débarrasser des importuns. Le lord ne saura jamais à quel point le grand proscrit est déjà loin.

TROISIÈME PARTIE

1

Dès la nouvelle année, un frisson parcourt l'île. Il y a un je-ne-sais-quoi dans l'air frais qui indique des temps nouveaux. Une forme de nervosité ; une fébrilité, comme si les hommes dans le tréfonds de leurs entrailles étaient prévenus de l'arrivée d'un évènement mystérieux. Un de ces phénomènes qui, dit-on, avertissent les êtres de la prochaine éruption d'un volcan. Ils se sentent nerveux, irascibles et agités, sans en comprendre la cause. La petite île est soudain en proie à un malaise, elle subit le contrecoup de l'agitation qu'elle provoque un peu partout. Comme si des ondes parvenaient de Londres, de Berlin, de Paris, de Vienne surtout. C'est l'intuition bienfaisante que l'existence monotone, le train-train quotidien vont accoucher d'une surprise libératrice. Un printemps précoce. Car le va-et-vient de tant d'espions qui fréquentent l'île, de voyageurs mystérieux qui y abordent la nuit, de bruissements d'échos qui s'élèvent de l'échoppe du marchand d'huile ou s'en reviennent dans la gabare qui sert de trait d'union entre le consul Mariotti à Livourne et le Buono Gusto, ne peut se dissiper comme de vaines bulles de savon. On se prépare. On attend.

Pourtant, rien n'indique le moindre changement. Les grenadiers sont passés en revue à la même heure ; l'église San Bernardo fait sonner ses cloches du même entrain avec une régularité de métronome. La gabare à la voile ocre vient chaque semaine livrer ses bonbonnes d'huile. *L'Inconstant* oscille toujours dans la baie autour de son ancre. Ainsi que la *Partridge*, que le colonel est en train de rejoindre à bord d'un canot. On hisse déjà les voiles, signe qu'il se rend à Livourne.

Le colonel tente de dominer son humeur massacrante. Il s'est pris de bec avec le capitaine pour une question insignifiante. Sur le pont, toujours muni de sa lunette en laiton, il observe la côte italienne. Avec cette brise soutenue il lui faudra moins de cinq heures pour s'y rendre. Mais ce qu'il voit au bout de sa lorgnette se perd dans un brouillard confus. Il est incapable de penser à autre chose qu'à ce qu'il va dire à la comtesse. Il se demande s'il doit jouer son va-tout en lui annonçant sa décision de rompre. Mais de rompre quoi ? Deux nuits avec une femme, est-ce qu'on peut raisonnablement appeler cela une liaison ? Et pourtant ces deux nuits, il mentirait en disant qu'elles n'ont pas compté pour lui. Combien de fois se les est-il rappelées ? Et encore maintenant, elles se présentent à lui de toute la force de leur suggestion. L'idée sournoise, perfide, d'une troisième nuit le traverse. Le trompe-t-elle vraiment ? Le prince Orsini, cet aristocrate fripé, qui semble s'être nourri de vieux parchemins, ou ce bellâtre de baron de Neuville sont-ils de véritables rivaux ? Méritent-ils, sans être ridicule, qu'il les provoque en duel ?

Vient la question la plus épineuse. Une femme qui vous trompe, est-ce une femme qui ne vous aime pas ? Est-ce une raison pour la quitter ? Il sait – il ne veut pas se l'avouer – qu'il est sur une pente glissante. Insensiblement il penche vers la complaisance. Et au fur et à mesure que la *Partridge* fend vaillamment les vagues de son étrave écumeuse, qu'il se rapproche d'elle, sa résolution vacille. Dans une casuistique habituelle aux amants épris, il se dit qu'après la troisième nuit, il trouvera le courage de clarifier la situation. Mais c'est se mentir, cette troisième nuit rendra la quatrième plus chère encore. Ainsi le lièvre en se débattant resserre-t-il le lacet qui l'étrangle.

La côte se rapproche. Sa résolution s'est totalement évanouie. Il ne redoute plus qu'elle le trompe, ce qu'il craint par-dessus tout, c'est qu'à nouveau elle ne tienne pas sa promesse. Déjà le goût ignoble de la déception le prend à la gorge. Peut-elle recommencer cet affreux manège ? Et voilà que le vent mollit devant la baie de Livourne. À quelle heure arrivera-t-il ? Déjà le soir tombe. La brise se renforce. Il est sur le quai. Son cheval est là. Une heure plus tard, il a rejoint le couvent où elle l'attend. Il tremble d'impatience. Il monte l'escalier enveloppé dans l'odeur de l'encens. La vieille servante lui ouvre la porte. « *La contessa vi aspetta.* » Pour un peu il embrasserait la vieille femme.

Il aura sa troisième nuit.

2

À Paris décidément on parle beaucoup de Murat. Ses officiers, même s'ils ont jugé sévèrement sa défection – ils n'osent prononcer le mot de trahison –, ne peuvent s'empêcher de lui garder leur affection. Malgré ses défauts, ses anciens aides de camp – ils ont fait du chemin depuis Austerlitz – aiment évoquer au coin d'un bon feu sa personnalité bigarrée. Cela fait partie des griefs que les autorités adressent au jeune général de Flahaut toujours en bisbille avec Soult. On commence à perdre ses nerfs du côté du pouvoir. On sent l'armée plus que fiévreuse; les erreurs des débuts du règne portent leurs fruits vénéneux. Après la discutable nomination au ministère de la Guerre du général Dupont, qui, en dépit de ses glorieux états de service sous l'Empire, a été déshonoré par sa funeste capitulation à Baylen, on n'a rien trouvé de mieux pour le remplacer que Soult, le plat flagorneur du nouveau régime qui vient de se distinguer en proposant d'ériger un monument en l'honneur des émigrés tués lors du débarquement de Quiberon. Un immense murmure à travers la France résonne dans les casernes, où les garnisons s'agitent. Un sourd mécontentement qui se cherche une issue. Un gros orage est suspendu au-dessus de cette armée autrefois glorieuse, gorgée jusqu'à la garde de somptueux exploits, et qui se sent humiliée.

Justement, une lettre à Murat met le feu aux poudres. Le bon général Exelmans, héros de la bataille d'Eylau, de Borodino, a adressé à son ancien chef de bataillon une lettre amicale qui, saisie par le deuxième bureau, a aussitôt été jugée compromettante par Soult. La sanction tombe. Il est démis de ses fonctions de contrôleur général des armées et nommé à Bar-sur-Ornain. Scandale. C'est l'humiliation de trop. Soult s'entête. Exelmans résiste : il refuse de quitter son poste. Flahaut l'encourage dans la désobéissance. Les pétitions circulent. Exelmans, menacé d'arrestation, s'enfuit. Quelques jours plus tard, il se constitue prisonnier. Il est aussitôt traduit en conseil de guerre. Flahaut est en première ligne pour le défendre ; il rameute les soutiens, qui ne se font pas prier. Le tribunal militaire, présidé par Drouet d'Erlon, rend son verdict. Exelmans est acquitté. Toute la France militaire exulte devant cet affront fait à Soult et au nouveau régime. Les demi-soldes sablent le champagne.

Soult en profite pour s'attaquer à Flahaut, le maillon faible. Certes, il n'a pas l'aura de gloire d'Exelmans, mais on le sait lié à Murat et au grand proscrit dont il a été l'aide de camp. Des rapports de police établissent le mauvais esprit qui l'anime : « Le général de Flahaut manifeste hautement son attachement pour le roi Murat. Et on paraît ne former aucun doute sur ses mauvaises dispositions à l'égard du gouvernement actuel. » Fort de ses appuis au sein du nouveau régime, de sa fortune, de l'influence de son père putatif, le prince boiteux, il ne cède pas au ministre et refuse sa mutation à Périgueux.

Ce fils naturel de Talleyrand qui lui garde, quoi qu'il fasse ou pense, une tendresse paternelle, n'est pas précisément un républicain dans le sang. Il faut vraiment que le nouveau monarque et ses séides fassent preuve de maladresse pour le pousser à bout. Il n'en peut plus. Avec son ami La Bédoyère, ils se montent le bourrichon. Le seul exutoire à la fureur qui les étouffe, c'est de se retrouver entre eux, dans la chaude camaraderie, en se remémorant les beaux jours de gloire qu'ils ont connus. On les voit aux soirées de Mme Alexandre de Girardin ou chez la reine Hortense, devenue duchesse de Saint-Leu. Certains songent à monter des complots. De tout leur cœur, leurs espoirs se tournent vers l'île d'Elbe. Flahaut n'est pas le moins déchaîné.

Mais dès la fin de ces dîners entre amis où l'on s'est bercé de rêves et d'espérance, Flahaut hèle un fiacre et file chez sa belle près du Palais-Royal. Pendant ce temps-là Mlle Mars se démaquille, et échappe à ses admirateurs pour rejoindre son amant qui, dans ses bras, trouve l'oubli momentané de tout.

3

Par une nuit sans lune, une gabare à fond plat accoste sur une plage déserte de Porto Longone. Un homme en débarque, poussant un juron car il a mouillé son pantalon. Un autre homme le rejoint. Deux chevaux les attendent. Ils disparaissent dans la nuit. Ce visiteur du soir, couleur de muraille, ou de maquis, selon les circonstances, c'est un petit bonhomme qui ressemble à tout le monde et qui possède comme personne l'art de passer inaperçu. C'est Cipriani. Il a peu de bagages, un simple sac en bandoulière. Mais l'inventaire de sa tête en étonnerait plus d'un. Il sait tout. C'est une mine d'informations à lui tout seul. Officiellement il est maître d'hôtel aux Mulini. Bien sûr c'est une couverture : il est moins souvent à l'office, à la garde-robe, à compter les pièces du service en vermeil, que partout où il ne devrait pas être. Au palais des Mulini, il est attendu. Le grand proscrit est dans son bureau et guette son arrivée. Les liens entre eux sont étroits, quasiment des liens de famille. Ils se parlent en langue corse. Letizia a adopté cet orphelin qui n'a pas hésité à tout quitter pour rejoindre l'île d'Elbe. Il a une longue carrière au service de la famille. C'est Lucien qui lui a appris à lire. Pendant dix ans, depuis Gênes, il a été à la tête de diverses entreprises de commerce. Mais cette activité en dissimulait certainement d'autres. Gênes est d'ailleurs toujours la plaque tournante des courriers qu'il expédie ou reçoit par l'intermédiaire d'un négociant nommé Gatelli.

Le secret est son domaine. Il semble qu'il ait toujours vécu dans cette pénombre. Il s'y sent aussi à l'aise que la chauve-souris dans l'obscurité de sa grotte. Rien ne lui échappe. Il écoute aux portes, il n'a pas son pareil pour décacheter les lettres et percer le secret des correspondances. Surtout, il s'est constitué un formidable réseau d'espions qui travaillent pour lui. Il va régulièrement glaner des informations auprès d'eux et en profite pour porter ses messages. C'est ainsi qu'il revient de Vienne après être passé par Paris, mais ayant fait escale à Gênes. Devine-t-il le grand projet qui se trame ? Même s'il est de ceux auxquels le grand proscrit accorde toute sa confiance, celui-ci sait qu'il n'a qu'un défaut, un véritable inconvénient pour un homme de sa sorte : il est porté sur les boissons fortes. Après une soirée un peu trop arrosée il est capable de se laisser aller à des confidences.

Cipriani n'arrive pas les mains vides. À Vienne, il a fureté auprès des maîtres d'hôtel. Un Corse qui travaille chez Mme de Brignole, dame d'honneur de l'impératrice, lui a appris beaucoup de choses. Méneval lui a confirmé l'information : « Ce sera Sainte-Hélène. » C'est cette phrase qu'il prononce devant celui qui l'attend dans son bureau d'angle des Mulini et dont la grande ombre se profile sous l'éclairage des bougies. Il lui livre bien d'autres bruits qu'il a recueillis aux alentours de la

Hofburg. Et celui-ci, qui est d'importance : Metternich a lâché Murat.

Cipriani n'est pas le seul Corse à être employé, on peut dire qu'ils pullulent autour des Mulini. Il existe un réseau corse d'espionnage qui tisse sa toile dans l'ombre pour procurer des informations au grand proscrit ou acheminer sa correspondance. Il y a Jean-Noël Santini, un ancien tirailleur, le commandant Bernard Poli, originaire de Solenzara dont la femme est la petite-fille de la nourrice des Bonaparte, Simon Colonna de Leca, ou le juge Jean Côme Poggi, proche de Lucien qui deviendra le Fouché occulte de l'île. Le palais des Mulini peut aussi s'appuyer sur un autre solide soutien, le capitaine du port, François Filidoro, lui aussi originaire de Solenzara, ou Alexandre Sari, un marin, bientôt promu commandant en second de *l'Inconstant*. Le grand proscrit fait confiance à ses compatriotes. Il se sent à l'aise avec eux. Il a compris qu'ils ont un grand mérite : aucun ne le trahira.

4

Dans la froideur du palais Kaunitz que réchauffent mal les chaudières à bois, faisant alterner les pièces tièdes et les salons glacés, le prince dicte des dépêches à ses secrétaires. Dépêches auxquelles ses conseillers ont travaillé toute la nuit, sur le canevas qu'il leur a donné, et qu'il parachève par un mot subtil, une phrase bien tournée. Seules les lettres à Louis XVIII le requièrent tout entier. Entre les deux hommes une sorte de complicité s'est établie. Chacun a dû boire le calice du ressentiment qu'il éprouvait pour l'autre, au nom de la plus raisonnable des causes : la leur. Le roi doit son trône aux manœuvres du prince, et le prince doit au roi son retour en grâce inespéré et sa présence à Vienne comme ministre. Il lui doit d'être ce personnage majeur dans le concert des grandes puissances. Autre complicité : la haine. Ils communient dans l'exécration du proscrit de l'île d'Elbe et de Murat, le roi de Naples. Pour ce dernier, dont le nom revient comme une litanie, le monarque, qui a des lettres, répète « *delenda est Carthago* ». Il souhaite non seulement son élimination comme monarque illégitime, mais son remplacement sur le trône par son cousin Bourbon. Devant les atermoiements du congrès, il manifeste son empressement de manière totalement déraisonnable : ne propose-t-il pas de faire chasser Murat de Naples par les troupes françaises ? Comme si ces malheureuses troupes, dont le moral est au plus bas, allaient avoir le cœur de combattre un héros légendaire tel que Murat.

Or le congrès, qui a traversé bien des crises orageuses – on a même été au bord de la guerre –, s'achemine maintenant vers le but visé par le prince boiteux : la triple alliance de la France, de la Grande-Bretagne et de l'Autriche contre la Prusse et la Russie qui ont partie liée. Comme cadeau de mariage, le prince exige de l'Autriche qu'elle satisfasse sa principale exigence concernant Murat. Metternich commence à fléchir. Sa conscience se ramollit. Ses scrupules faiblissent. Une idée machiavélique lui vient qui lui permettrait de sortir la tête haute de son drame de conscience : faire de Murat l'instrument de sa propre perte.

Le prince savoure la parfaite exécution d'un plan longuement mûri : ce n'est pas rien d'être arrivé à Vienne en intrus, d'avoir senti les mille préventions dont il était l'objet, et maintenant, à la veille de l'achèvement du congrès, d'avoir réussi à remodeler la carte de l'Europe. En prime il a quasiment obtenu l'élimination définitive des deux beaux-frères. Il l'emporte sur tous les tableaux. Il aurait de quoi être parfaitement heureux. Soudain, une pensée horrible l'envahit. Et comme si la vie elle-même donnait une réponse à son angoisse, un secrétaire vient le prévenir que sa nièce Dorothée le demande. Il se lève aussitôt, abandonne ses dépêches et, en claudiquant, se dirige vers le petit salon où elle l'attend.

Elle est prête pour partir à un bal chez la princesse Bagration. Jamais elle n'a été aussi belle. Grande, svelte, le port de tête princier, elle le regarde de ses yeux d'un bleu profond. Il s'installe près d'elle sur un fauteuil et lui prend la main. La veille il lui a fait une scène. Il n'a pu réprimer sa jalousie. En plus de sa liaison avec Clam-Martinitz, il la soupçonne d'avoir des vues sur un beau colonel russe, le prince Chouvalov, qui lui adresse des gerbes de roses chaque jour. Elle tente de l'amadouer. Mais c'est inutile : déjà il se reproche son éclat de la veille. Il s'est promis de tout accepter d'elle. Il ne veut que garder une place dans son cœur, si petite fût-elle. Il est prêt à la partager puisque c'est la condition qu'elle lui impose. Elle lui répète : « Mon ange, ne gâchez pas notre merveilleuse entente par les mauvaises susceptibilités de l'amour. Aimez-moi telle que je suis. » Il jure de ne plus lui faire aucun reproche. Il sait qu'il aura du mal à tenir parole : de tout son être il est attaché à elle et souffre de voir d'autres mains se poser sur son corps.

Déjà il imagine la lugubre soirée qu'il passera devant une table de whist, dévoré de jalousie, sans pouvoir détacher ses pensées de Dorothée. Avec qui danse-t-elle ? Parfois il préférerait la savoir avec cet idiot de Clam-Martinitz plutôt qu'avec un nouveau bellâtre. Déjà ses résolutions se dissipent. Comment promettre d'être sage lorsque la jalousie vous dévore ?

Des visages exécrés passent devant ses yeux dans un brouillard rouge. Tant d'hommes quêtent les faveurs de Dorothée comme des chiens affamés. Il éprouve un douloureux pincement. Comment aurait-il pu imaginer que son vieux cœur recommencerait à battre ? Et pour qui ? Pour une ravissante fille de vingt et un ans, belle à se damner, dont le visage d'ange dissimule des perversités de démon. Pourquoi faut-il qu'à son âge il ait choisi la femme qui offre le plus d'occasions de le faire souffrir ? Elle n'a aucune moralité – pas plus que lui, lui a-t-elle rétorqué devant ce reproche. Qu'elle le trompe le tourmente moins que le risque que ses écarts comportent qu'elle l'abandonne pour un autre. Il a beau tenter de se mentir, il ne peut se dissimuler qu'elle est invinciblement volage. Elle éprouve un irrésistible besoin de séduire les hommes. Elle en a la passion dans le sang. Il les lui faut tous à ses pieds. Pourtant elle revient vers lui. Qu'aime-t-elle à travers son vieux corps ruiné, un fantôme de père qui ne l'a pas aimée ? Mais être aimé en prenant la place d'un autre, c'est toujours être aimé. Cette souffrance lancinante d'être trompé n'est-elle pas compensée par les élans subits qu'elle lui manifeste ? Quel miracle qu'il ne peut comparer à aucune autre félicité : tenir ce jeune et long corps, si souple, si frais, abandonné dans ses vieux bras ; voir le plaisir noyer ses yeux d'un bleu profond et lui faire mordre ses lèvres jusqu'au sang. Un plaisir immérité qu'il se sent prêt à payer par de plus grandes tortures encore. Elle sait ce pouvoir qu'elle exerce sur lui. Elle en abuse avec toute l'insolence de la jeunesse. Rien n'est pire dans le rapport de force amoureux que de révéler sa faiblesse à une femme qu'aucun scrupule n'empêchera d'aller au bout de ses caprices. Certaine de son impunité, pourquoi s'amenderait-elle ? Et lui, jusqu'où acceptera-t-il d'aller dans le déshonneur ? Il n'en voit pas de limite. Il lui pardonnera tout. N'est-ce pas ainsi qu'il a vécu, en se moquant des humiliations, en se relevant des insultes, pour ne se soumettre qu'au plaisir, son seul maître.

Il veillera jusque tard dans la nuit, jusqu'à ce qu'à l'aube le bruit d'une voiture sur les pavés l'avertisse qu'elle a rejoint le palais. Alors il s'endormira d'un sommeil bref et agité, habité par une petite lumière : l'espoir qu'elle vienne le rejoindre au matin, tendre, prête à lui dispenser ces cajoleries voluptueuses auxquelles il attache autant d'importance qu'à la vie même.

5

Le temps est sec et froid. La mer moutonne. Des saccades de vent font tinter les gréements des bateaux amarrés au quai. Au fond du ciel, de gros nuages sombres s'amoncellent au-dessus du cap Corse, signe de tramontane. Les mouettes volent bas, au ras des vagues. La *Partridge* dans la baie tire sur son ancre. Les barques de pêche reviennent trouver refuge dans le port. Au fur et à mesure que les heures passent le vent forcit. Le capitaine de la *Partridge*, perplexe sur sa dunette, se demande s'il ne va pas être obligé de chercher un mouillage plus abrité du côté de Porto Longone. Et *l'Inconstant*, où est-il ? Le brick est toujours le pendant de la *Partridge*. Parti depuis trois jours pour aller chercher un chargement de blé à Civitavecchia, il devrait être rentré depuis longtemps. On commence à s'inquiéter.

Une inquiétude d'autant plus fondée que son capitaine, le lieutenant de vaisseau Taillade, a une réputation très discutée. Pas seulement parce qu'il a le mal de mer, ce qui est le cas de grands marins, mais on juge qu'il n'a pas le sérieux nécessaire à un homme auquel incombent de telles responsabilités. Dernière en date de ses incartades, il s'est permis des privautés grossières avec une jolie femme, dame d'honneur de Madame Mère, qui a eu toutes les peines à échapper à ses avances. On l'a vue sortir de sa cabine, la toilette en désordre, rouge d'indignation, poussant des cris. Cela a provoqué un petit scandale. Mais cette inconvenance, si elle rend suspectes ses manières de gentilhomme, ne serait pas de nature à remettre en cause ses qualités de marin, si du moins celles-ci étaient si peu que ce soit apparues. Ce qui n'est nullement le cas.

À son retour de Civitavecchia, le gros temps l'a surpris au large de la Corse. Il a dû s'abriter dans le port de Saint-Florent. Pour une raison inconnue, il a brusquement décidé de quitter son abri pour regagner Portoferraio. Cela en dépit des conseils de prudence de ses deux seconds. Voilà *l'Inconstant* qui fait voile sur une mer démontée. Dès le cap Corse franchi, le vent se déchaîne de plus belle. Le brick fait entendre de sourds craquements et embarque des paquets de mer ; le pont est couvert d'écume. Les matelots hésitent à monter dans la mâture.

La nuit est tombée quand il arrive en vue de Portoferraio. La tempête fait toujours rage. Poussé par la bourrasque, le brick prend le risque de passer entre un rocher, le Scoglietto, et la côte. Le commandant tente de rejoindre le milieu de la rade, mais s'y prend mal et le navire se refuse à virer de bord. On approche alors dangereusement de la côte. Le commandant fait mouiller deux ancres. Mais on a beau avoir abaissé les voiles pour laisser moins de prise aux rafales, elles dérapent. Le navire dérive immanquablement, drossé vers les rochers. Le commandant fait tirer le canon de détresse. En désespoir de cause, il fait couper la chaîne des ancres. Le navire libéré, dont seul le foc intact permet de maintenir un semblant de direction, dérive vers une plage de sable où il va s'échouer.

Le grand proscrit, éveillé par le canon de détresse, n'hésite pas. Il monte à cheval et rejoint en quelques minutes l'anse où le navire couché sur le sable offre un spectacle désastreux : le brick n'est plus qu'une carcasse démâtée, aux vergues éparses, violemment flagellée par les voiles déchirées. Il garde son flegme. Il a du mérite car *l'Inconstant* est le vaisseau amiral de sa flottille. Aucun projet de fuite n'est possible sans lui. Il s'enquiert du sort des matelots. Par miracle aucun n'a péri. Quant au commandant Taillade, toujours aussi sûr de lui, il ne semble nullement accessible à la honte. Son impéritie ne le trouble pas. Mais le miracle encore une fois se produit : dix jours plus tard, *l'Inconstant*, après de sévères réparations, est à nouveau prêt à naviguer.

Le ciel qui, dans ce genre de circonstances, est un secours indispensable, n'a pas manqué à l'appel.

6

C'est un jeune homme de trente-six ans qui débarque d'une felouque sur le port, en provenance de Lerici. Habillé en matelot, sa vareuse donne le change. Il a un passeport en règle. D'un pas assuré, il se dirige vers le palais des Mulini où, après avoir montré patte blanche au général Bertrand, il est aussitôt accueilli. Mieux, le grand proscrit, apprenant qu'il vient de France et qu'il a des révélations à lui faire, lui accorde une audience dans son bureau d'angle. Ils vont demeurer plusieurs heures en conférence. Ce personnage reviendra le lendemain, avant d'embarquer le surlendemain, toujours nuitamment, dans une felouque qui le conduira à Naples. Nul doute qu'il ne soit porteur d'un message pour Murat. Celui-ci en effet passe par toutes les affres. Maintenant qu'il sent que ses jours sont comptés, il se tourne vers son beau-frère. Le silence de Vienne ne lui dit rien de bon. Impatient, incorrigible tête brûlée, il a toujours agi avant de réfléchir. Mais ce qui est bon sur le champ de bataille convient moins sur l'échiquier politique. Il est décidé à forcer le destin. Ses agents lui ont rapporté des rumeurs de soulèvement favorables des républicains. Mais là encore, il écoute surtout ce qu'il a envie d'entendre. Une immense aspiration à la liberté souffle dans les ventes des carbonari. C'est un tonneau de poudre prêt à exploser, il ne manque que le briquet pour l'enflammer : une voix intérieure lui dit que ce briquet, ce sera lui.

Le jeune homme qui a réembarqué à bord de la felouque se nomme Fleury de Chaboulon. C'est un ancien sous-préfet, décoré de la Légion d'honneur pendant la campagne de France, qui a donné des gages de fidélité à l'Empire. Il vient avec une recommandation de Maret, le duc de Bassano, l'ennemi personnel de Talleyrand qui ne perd pas une occasion de lui planter des banderilles : « Il y a un homme encore plus bête que Maret, c'est le duc de Bassano. » Maret, qui a occupé plusieurs postes clés auprès du grand homme, chef de cabinet, sorte de Berthier pour les affaires civiles, ministre des Relations extérieures, travaille dans l'ombre à renouer tous les fils. Avec le salon de la reine Hortense, c'est la pierre angulaire autour de laquelle se rallient tous ceux qui restent fidèles, ou qui, gagnés par la nostalgie, regrettent le temps de la gloire disparue. Il est bien sûr lié à Exelmans, à La Bédoyère, à Flahaut. Intelligent, travailleur infatigable, il n'a pas eu que de bonnes idées : c'est à son influence que l'on doit en partie la calamiteuse guerre d'Espagne ; c'est surtout lui qui a dissuadé son maître de signer la paix de Dresde en 1813, opportunité manquée que celui-ci considérera toujours comme sa principale faute.

Quelle est la part de Maret dans l'aventure du jeune Fleury de Chaboulon ? Quelles informations détient-il ? Vient-il avec une promesse de soulèvement d'une partie de l'armée ? Des complots sont en préparation, mais a-t-il reçu la mission d'en être l'émissaire ?

Être reçu deux jours durant par le grand proscrit prouve qu'il n'est pas venu les mains vides. Quel rôle a-t-il vraiment joué ? Ce qui est certain, c'est que sa jeunesse, son bagout, son enthousiasme ont aidé son illustre interlocuteur à mieux mesurer le climat en France. Même si la lecture du *Journal des débats*, du *Nain jaune* et de la presse anglaise lui permet de se tenir informé. Mais quoi de mieux qu'un témoin direct ? Surtout s'il est jeune, enthousiaste. Il lui confirme, ce qui est pour lui la condition essentielle de toute action, que « la poire est mûre ». La France est prête à accueillir son ancien maître. Fleury de Chaboulon appartient à la race de ces jeunes gens ambitieux qui veulent à tout prix jouer un rôle dans l'histoire. Ce qui le rend à la fois touchant et puéril. Être reçu longuement, à deux reprises, aux Mulini par son idole, voilà de quoi lui monter à la tête. Il ne touche plus terre. Il ne mesure peut-être pas que le grand homme, quand il parle, quelle que soit l'importance de son interlocuteur, se parle surtout à lui-même. Aussi dans les notes qu'il rédige fébrilement à son auberge entre ses entretiens a-t-il tendance à s'attribuer le rôle d'un Talleyrand, d'un Metternich ou pourquoi pas, tant qu'il y est, du tsar Alexandre. Cela a un nom : la forfanterie. Mais ce témoignage, si fantasque soit-il, résonne d'une étrange manière. Il fait écho dans son romantisme à la plus invraisemblable entreprise qu'un homme ait jamais tentée. Mais ce qui manque à ce fiévreux et impétueux jeune homme et l'empêche de rivaliser avec Las Cases, c'est un souci d'honnêteté dans son compte rendu. À force de se gonfler d'importance, il finit par se prendre pour son modèle et à mêler sa pensée à celle de son prestigieux interlocuteur, produisant ainsi un fâcheux embrouillamini.

Ainsi quand ce téméraire jeune homme, qui ne se mouche pas du pied, n'hésite pas à s'adresser ce compliment de l'illustre proscrit : « Sans vous, j'aurais ignoré que l'heure de mon retour était sonnée ; sans vous, on m'aurait laissé ici à remuer la terre de mon jardin », la griffe de l'aigle, impitoyable, s'abattra. « Quelle puérile vanité », s'insurgera rageusement le grand proscrit quand il prendra connaissance de la façon dont Fleury de Chaboulon a réorchestré cet entretien de manière si avantageuse. Ridicule en effet de se croire l'acteur de l'histoire quand on n'en est que le témoin ; ridicule de monter en épingle son influence face à un monstre de volonté. Il n'est pas non plus plausible que celui-ci ait pu s'exclamer : « J'avais prévu l'état de crise où la France va se trouver ; mais je ne croyais pas que les choses fussent aussi avancées. Mon intention était de ne plus me mêler des affaires publiques ; ce que vous m'avez dit a changé mes résolutions. »

Tout est de la même eau dans le récit puérilement satisfait de Chaboulon : « Je m'applaudissais d'avoir été appelé, par sa confiance, à concourir avec lui, à rendre à la France la liberté, la puissance et la gloire qu'on lui avait injustement ravies. Je jouissais d'avance des louanges publiques qu'il décernerait après le succès à mon courage, à mon dévouement, à mon patriotisme : je me livrais enfin avec délice, avec fierté à toutes les pensées, à toutes les résolutions généreuses que peuvent inspirer l'amour de la renommée et l'amour de la patrie. »

Quoi qu'il en soit de l'authenticité des élucubrations

sorties de l'imagination romanesque de son visiteur, ils se sont vus, ils se sont parlé. Le grand proscrit demeuré seul médite sur les informations que vient de lui apporter l'émissaire de Maret. Sans doute ce grand superstitieux se demande-t-il si Maret, si mal inspiré dans des décisions graves, est aujourd'hui l'homme dont il faut suivre les conseils. Mais qu'importe. La décision est prise. Et longuement mûrie. Que peut-il avec sa garde de mille deux cents grenadiers et sa misérable flottille contre les coalisés ? Il n'a pas d'autre choix. Il songe à ce que lui a écrit Fouché dans une lettre qu'il lui avait adressée à Fontainebleau : il lui proposait de trouver refuge auprès de la jeune république américaine. Se peut-il que les traîtres comme Fouché ou Talleyrand soient de meilleur conseil que les serviteurs honnêtes comme Maret ? Mais un asile bourgeois et confortable en Amérique lui répugne. Que lui importe de devenir un objet de curiosité dans un pays à peine effleuré par la civilisation, au sein d'une société mercantile qu'il méprise ? Il a toujours choisi le risque. Il sent que ce destin-là, si fou, si aventureux soit-il, est mystérieusement le seul en accord avec l'idée qu'il se fait de sa gloire.

7

Pas un signe de nervosité ni d'excitation particulière. Le port de Portoferraio semble répéter inlassablement un même rite. Les mouettes postées sur le môle s'envolent en poussant le même cri aigre ; les ânes transportent leur lourde charge avec le même flegme ; les fiacres font toujours entendre leurs clochettes caractéristiques ; sur leur chaise en paille devant le pas de leur porte les vieux Elbois, les yeux dans le vague, laissent filer le temps. Sans que rien, absolument rien, le trahisse, la machine inexorable est en marche. Comment une telle entreprise, qui va mobiliser tant d'énergies, peut-elle passer inaperçue ? C'est le secret de ce grand maître de l'action : toujours profiter de la surprise.

Ce matin-là, à quelques indices, le marchand d'huile sent pourtant qu'il se passe quelque chose. On a réquisitionné les passeports. Un strict embargo est décrété. Personne n'a le droit de sortir de l'île. Il tente de soudoyer un pêcheur mais celui-ci prend peur : les ordres sont formels. Le marchand d'huile se résout à accepter l'inévitable : impossible d'aller prévenir le consul Mariotti. Pour lui, pas de doute : l'évasion se prépare.

Vigilant, il a déjà remarqué, la veille, des mouvements suspects sur les navires en rade : deux berlines ont été embarquées sur le *Saint-Esprit* en partance pour Naples ; des caisses de munitions ont été chargées sur *l'Inconstant* ; trente-six pièces d'artillerie ont été hissées à bord du chebec *l'Étoile*. Tout lui confirme son intuition et les pronostics conjugués du consul et du colonel Campbell : la flotte va lever l'ancre pour rejoindre la côte italienne. Probablement Livourne où les troupes déjà abouchées avec les ventes des carbonari soulèveront les garnisons de Civitaveccia et de Lucques avant d'être rejointes par Murat. L'évidence.

Au palais des Mulini, c'est le grand remue-ménage. On procède aux préparatifs du fameux départ. On brûle les papiers. Drouot et Bertrand reçoivent les dernières instructions. Un nouveau gouverneur de l'île est nommé. On dresse la liste de ceux qui partent. Pons de l'Hérault est réquisitionné.

Vient le soir. Le grand proscrit fait ses adieux à sa famille. Après Pauline, il entraîne sa mère à l'écart. Elle s'attend à tout. N'a-t-elle pas toujours été la complice de son aventure ? Digne, droite, maigre et desséchée comme un sarment, portant un deuil éternel, elle le fixe de son regard blanc. Au premier mot qu'il lui dit, elle l'interrompt : « Partez, partez, mon fils, et suivez votre destinée. Vous échouerez peut-être et votre mort suivra de près votre tentative manquée. Mais vous ne pouvez demeurer ici. Espérons que Dieu qui vous a protégé au milieu de tant de batailles vous protégera une fois encore. » Ils s'embrassent dans une étreinte sans tendresse. Ils pressentent qu'ils ne se reverront plus.

Déjà la nuit est tombée. Il s'enferme dans son bureau

pour dicter à Marchand ses dernières proclamations. Il s'en prend aux Bourbons imposés par l'étranger, aux émigrés qui n'ont rien appris ni rien oublié, à Augereau et à Marmont qui, en le trahissant, ont permis à l'ennemi de lui voler la victoire. Mais c'est dans sa proclamation aux armées qu'il trouve le ton magnifique qui a magnétisé ses soldats à la veille des grandes batailles : « La victoire marchera au pas de charge. L'aigle, avec les couleurs nationales, volera de clocher en clocher jusqu'aux tours de Notre-Dame. » Marchand porte immédiatement ces proclamations à Portoferraio. Elles seront imprimées dans la nuit.

Il marche sur la terrasse des Mulini. Un beau clair de lune illumine la baie. Il peut apercevoir la flottille à l'ancre qui l'emportera vers son destin. Fragiles esquifs flottant sur un abîme. Le brick *l'Inconstant*, le miraculé, semble offrir un heureux présage. Après ces mois d'hésitation et de fébriles préparatifs, il est apaisé. Une force intérieure domine tous ses doutes. Il ne s'appartient plus. Comme à la veille de ses plus belles victoires.

Dans la baie, ne manque que la *Partridge* du colonel Campbell…

8

Ce n'était pas la fête qu'il attendait. Le colonel Campbell s'était imaginé un dîner intime autour de la comtesse. Cet anniversaire le mettait sur la paille. Il s'était ruiné en lui offrant un pendentif en rubis acheté chez le meilleur bijoutier de Florence. C'est tout juste si elle avait porté attention à son cadeau. Magnifique dans une robe en soie grège, ses cheveux relevés en chignon, elle était tout à ses invités qui représentaient ce que la Toscane comptait de personnalités importantes, le général Starhemberg, le grand-duc de Toscane, Lord Bentinck. Le colonel remâchait sa déception : ce n'est pas encore ce soir qu'il l'aurait pour lui seul. Pas ce soir qu'il aurait droit à une quatrième nuit. Pourtant, que d'efforts il avait faits pour venir. Il avait dû décliner l'offre particulièrement insistante de la princesse Pauline qui offrait un grand bal costumé ce soir-là, aux Mulini. Et tout en déambulant de salon en salon dans ce délicieux petit palais de l'Altrarno, se dépêtrant autant que la courtoisie le permettait des convives curieux qui voulaient à tout prix recueillir des potins sur le grand proscrit, il soignait sa désillusion en buvant force verres de punch : les meilleurs de Toscane, se disait-il pour se donner du courage.

Il n'était pas au bout de ses peines. Il vit le prince Orsini, toujours plus maigre, son visage toujours plus parcheminé ; et comble de tout, le baron Hyde de Neuville, qui disait-on était envoyé comme espion par Talleyrand. Il les observa avec des yeux haineux, prêt à leur demander raison. Heureusement Lord Bentinck, qui était un joyeux compagnon, l'entraîna à une table de whist. Tandis qu'il battait les cartes, écoutant distraitement la conversation des joueurs, il se demandait si la comtesse en dépit de tous ses invités le retiendrait dans sa chambre. Un domaine où, hélas, on ne peut rien prévoir, tout aussi hasardeux que les cartes.

« Notre hôtesse est très en beauté », s'exclama d'une voix forte Lord Bentinck, sourd comme une vieille casserole. Il ajouta en français : « C'est l'amour. » Puis, prenant le ton de la confidence qui chez lui élevait la voix quelques octaves au-dessus de la moyenne : « Il paraît qu'elle va épouser le vieux prince Orsini. Ce sera un beau mariage. Surtout pour elle. Vous savez d'où elle vient ? » Lord Bentinck promenait dans le monde sa rudesse de vieux soldat qui s'ajoutait au franc-parler de l'aristocrate. Le colonel, feignant d'être soudain pris d'un malaise, s'excusa et sortit dans le jardin. Par malheur, au moment où il allait s'asseoir sur un banc, un domestique lui présenta un verre de punch. Il s'en saisit et l'avala d'un trait. Aussitôt il éprouva une détente de tout son corps tandis que son cerveau s'emplissait d'une agréable brume. Il se voyait affalé sur son banc, dans son impeccable uniforme de cérémonie rouge, bardé de décorations prestigieuses, et en même temps lui apparaissait l'adorable comtesse. Mais son visage passait du plus beau sourire à la grimace. Un nom lui vint à la bouche, une insulte : Jézabel, la femme traîtresse, dont les pasteurs au temple citaient l'abominable exemple.

La nuit avançait. Peu à peu les convives prenaient congé. Le colonel, qui avait repris un autre verre de punch, se sentait incapable de se lever. Bientôt Lord Bentinck vint à son secours et lui proposa de le raccompagner. La comtesse lui jeta un regard de commisération qui lui fit comprendre à quel point il avait l'air pitoyable. Dans la rue, plutôt que de monter dans le fiacre de Lord Bentinck, il lui proposa de faire quelques pas vers la place San Spirito. Le jour se levait. Les rues s'animaient. Des carrioles de fruits et de légumes s'acheminaient vers le marché. Au sortir du Ponte Vecchio, ils se trouvèrent immobilisés par une carriole de fleurs tirée par un cheval. Le colonel demeura stupéfait : la jeune fille qui lui tenait la bride était celle qu'il avait déjà rencontrée, à cet endroit, et qui ressemblait trait pour trait à la jeune martyre de Badajoz. Cette vision l'accabla. L'horreur de ce qu'il avait vécu lui réapparut. C'était comme s'il avait devant lui la malheureuse jeune fille sur laquelle la soldatesque s'acharnait sauvagement.

Il se réveille le lendemain à midi, la tête lourde. Toute la nuit, il a déliré. Un médecin appelé par Lord Bentinck a jugé préférable de laisser la nature suivre son cours. Et en dehors d'un horrible mal de crâne, il se sent maintenant prêt à déjeuner.

Une idée fulgurante le traverse : le grand proscrit s'est enfui. Cette intuition lui apparaît aussi clairement qu'une évidence. Lord Bentinck tente de le raisonner. En vain. Se confondant en excuses, il fait seller son cheval et part au grand galop pour Livourne. Peut-être n'arrivera-t-il pas trop tard ?

9

Dès les premières heures du matin, le port est le centre d'une agitation fébrile : on embarque des vivres ; on charge les felouques pleines à ras bord de matériel militaire. Des piles de bagages encombrent les quais. Des paniers d'osier brillent dans le soleil. Des malles s'entassent pêle-mêle. Les chevaux, refusant de monter dans les barges, se cabrent en hennissant. La baie se couvre de voiles et de barques à rames qui approvisionnent la flottille à l'ancre, serrée autour de *l'Inconstant*, flambant neuf. Repeint à la manière d'un brick anglais, ressuscité de son piteux naufrage, calfaté, radoubé, ayant hérité d'un gréement neuf, il a fière allure. À ses côtés, l'esperonade *la Caroline*, la polacre *Saint-Esprit*, le chebec *l'Étoile*, les avisos *la Mouche* et *l'Abeille* flottent sur les eaux turquoise. Même la gabare à la voile ocre du marchand d'huile a été réquisitionnée. Il fait un temps presque printanier. Un beau soleil règne sans partage. Une légère brise fait frissonner la mer.

Aux Mulini, tout au long de la journée, on procède à la cérémonie des adieux. Le grand proscrit reçoit les notabilités de l'île. Il annonce que le docteur Lapi est promu général de brigade et gouverneur de l'île. Il distribue ses propriétés à ceux qui l'ont le plus aidé.

Puis c'est le souper. Rapide comme il se doit. Un dernier adieu à Pauline et à sa mère. À sept heures pile, qui sonnent au carillon de San Francisco, il monte dans sa calèche en compagnie de Bertrand. Il est vêtu de sa redingote verte à parements blancs de colonel de la Garde. Les amis suivent à pied. Toute la ville est en liesse. Une immense foule s'est rassemblée. À la lueur des torches, dans une lourde haleine de sueur et de patchouli, de vin et de poudre, elle raccompagne le grand proscrit jusqu'au port. Sur le chemin, les ruelles sont éclairées : les Elbois juchés sur les terrasses et sur les toits de leurs maisons ont suspendu des lampions aux fenêtres. Quand la calèche arrive au port, la foule éclate en acclamations.

Il passe la porte de Mer. Une marée humaine l'attend. Le maire voudrait saluer son départ, il a préparé un discours, mais les sanglots l'étouffent. Le grand proscrit prend la parole. Il harangue la foule qui frémit. Il trouve une fois encore les mots qui touchent le cœur : « Adieu, Elbois, je vous aime. Vous êtes les braves de la Toscane. »

Tout le monde fond en larmes. Il embarque sur un canot qui, au milieu d'une formidable clameur, file vers *l'Inconstant* qui brille de tous ses feux. Les matelots l'acclament à leur tour. Un coup de canon annonce le départ du brick. *L'Inconstant*, toutes voiles dehors, glisse doucement dans la nuit. Sur la dunette, il donne ses ordres à Chautard, le nouveau capitaine. Sur la carte marine dépliée sur le roof, il désigne un point : Golfe-Juan. La destination mystérieuse est enfin révélée : ce sera la France. La Vieille Garde l'ignore encore, qu'importe : avec lui elle serait allée au bout du monde.

Dès la sortie de la baie, face au cap Saint-André, la brise faiblit. Puis c'est le calme plat. Plus un souffle. L'air tiède semble avoir épuisé ses forces. Les voiles s'affaissent, molles, pendantes, lamentables. Le brick s'immobilise, ainsi que la flottille qui l'accompagne. Tous feux éteints les navires apparaissent comme des ombres sur l'étendue de basalte translucide et luisante de la mer sur laquelle se reflètent les étoiles. Une sourde angoisse étreint les matelots. Est-il possible que l'aventure se termine ici ? Qu'une telle espérance se heurte à un misérable obstacle ? Certains prient la Madone. D'autres mâchonnent nerveusement leurs moustaches.

Le grand proscrit donne à tous une leçon d'équanimité. Il va se coucher.

Commence une longue attente. Un silence profond s'installe dans le navire immobile qui se dandine légèrement. On n'entend plus que le léger grincement des poulies et les à-coups réguliers des vergues butant sur le mât de misaine ; et aussi, venant des profondeurs de la cale et des coursives, le sourd grondement symphonique des larynx de cent cinquante grenadiers plongés dans un lourd sommeil, tandis qu'en soliste monte le gémissement plaintif d'un matelot qui rêve.

À minuit, d'abord timide, puis plus ardent, le vent du sud se lève, les voiles se tendent, giflant les haubans, les gréements crissent, toute la charpente en chêne du brick gémit sous l'impulsion d'une force invisible. La flottille sort de sa léthargie ; les voiles se gonflent ; les étraves fendent l'eau huileuse, traînant derrière elles les chaloupes dansantes dont les amarres se tendent à se rompre.

Au loin, plein ouest, la vigie aperçoit l'esquisse d'un navire sur la mer. Il est immobilisé. C'est la *Partridge*. Au nord-ouest de l'îlot de Capraia, la frégate *la Fleur de Lys* (commandant, chevalier de Garat), pas plus que *la Melpomène* (capitaine Belville), à quelques encablures, qui assure la même surveillance imposée par le chevalier de Bruslart, n'apercevront la flottille du fugitif pourtant à portée. Comme si, pour se dissimuler à leur vue, comme Job bénéficiant d'un miracle, elle s'était enveloppée dans un nuage. La plus incroyable des aventures peut commencer. L'invasion de la France par un seul homme.

10

Quand on ouvre un bocal où se trouve enfermée une mouche, celle-ci s'envole et s'en va en tous sens dans une course folle. Tel fut le comportement du colonel Campbell. Quand il arrive enfin, au petit matin, à bord de la *Partridge*, dans la baie de Portoferraio, un coup d'œil lui suffit pour comprendre que l'oiseau s'est envolé : les grenadiers ne sont plus en faction sur les remparts. Plus trace non plus de la flottille ni de son vaisseau amiral, *l'Inconstant*. La baie demeure désespérément vide. Reste la question obsédante, irritante, désolante à force de vaines conjectures : parti, oui, mais pour quelle destination ? Rapidement débarqué, personne à terre ne peut l'informer. Il regagne la *Partridge* où il dicte des dépêches à l'intention de Lord Castlereagh et de Lord Wellington pour les avertir de l'invraisemblable nouvelle.

Il hésite. Où aller traquer le fugitif ? Doit-il se rendre à Gênes ou à Civitavecchia ? Pour l'instant il cingle vers Livourne. Il en est pour ses frais. Sur le quai, hagard face au désastre qui l'accable, une idée folle le traverse : puisque sa carrière est brisée, qu'il sera à jamais ridicule aux yeux du monde, pourquoi se priver de ce qui a le plus de prix à ses yeux ? De ce à quoi il tient plus qu'à la vie ? Revoir la comtesse ! Même si c'est la dernière fois. L'amour n'est-il pas la seule ressource quand on a tout perdu ? Dans le naufrage qu'est sa vie, cet amour lui semble soudain la seule chose précieuse. Dans ses pensées désordonnées roule toujours, irritante, captieuse, affolante, l'idée d'une quatrième nuit.

Trois heures plus tard, trempé, car il pleut à verse, il est à Florence. Il se précipite au palais de la comtesse sur l'Oltrarno. Là, il se heurte à des déménageurs qui transportent des meubles. À force de récriminations, il finit par retrouver la vieille servante. Celle-ci, feignant l'imbécillité, demeure insensible à ses vociférations. Il se met à hurler, ressemblant plus à un dément pris d'une crise de delirium qu'à un colonel de sa gracieuse majesté : « Mais où est-elle ? Dites-le-moi. » La servante répète : « *La contessa è andata. Non so dove. No, non tornerà.* » (La comtesse est partie. Je ne sais pas où. Elle ne reviendra pas.) Elle lui claque la porte au nez. Il se retrouve seul devant ce palais peuplé de tant de rêves. Ce lieu où il a connu un bonheur extrême lui est maintenant hostile. Tous les épisodes qu'il a vécus ici semblent se réveiller pour se moquer de lui. Comme si le palais résonnait de ricanements. Tout lui paraît faux, mensonger. Il a l'impression d'avoir été trahi. Pas seulement trahi par la comtesse, trahi par la vie, trahi par lui-même. Et si ne lui parvenait du jardin, porté par une brise tiède, le parfum si intensément voluptueux des genêts d'Espagne, il pourrait croire que rien de tout cela n'a existé, que tout n'était qu'un rêve.

11

Un mois plus tard, *Le Moniteur* du 20 mars publie un entrefilet laconique : « Le Roi et les princes sont partis cette nuit, Sa Majesté l'Empereur est arrivé ce soir aux Tuileries. »

Œuvres de Jean-Marie Rouart (suite)

L'INVENTION DE L'AMOUR, *roman*, 1997.

LA NOBLESSE DES VAINCUS, *essai*, 1998.

DISCOURS DE RÉCEPTION À L'ACADÉMIE FRANÇAISE, 2000.

ADIEU À LA FRANCE QUI S'EN VA, *essai*, 2003.

MES FAUVES, *essai*, 2005.

DEVOIR D'INSOLENCE, *essai*, 2008.

CETTE OPPOSITION QUI S'APPELLE LA VIE, *essai*, 2009.

Chez d'autres éditeurs

OMAR, LA CONSTRUCTION D'UN COUPABLE, *essai*, Éditions de Fallois, 2001.

LIBERTIN ET CHRÉTIEN, *entretiens avec Marc Leboucher*, Éditions Desclée de Brouwer, 2004.

GORKI, L'EXILÉ DE CAPRI, *théâtre*, L'avant-scène théâtre, 2006.

CES AMIS QUI ENCHANTENT LA VIE, *essai*, Robert Laffont, 2015.

LES ROMANS DE L'AMOUR ET DU POUVOIR, Bouquins, 2016.

LE PSYCHODRAME FRANÇAIS, *essai*, Robert Laffont, 2017.

LES AVENTURIERS DU POUVOIR, Bouquins, 2018.

ILS VOYAGÈRENT VERS DES PAYS PERDUS, *roman*, Albin Michel, 2020.

CE PAYS DES HOMMES SANS DIEU, *essai*, Bouquins, 2021.

LE BAR DE L'ORIENTAL, *théâtre*, L'avant-scène théâtre, 2024.

Composition : IGS-CP à L'Isle-d'Espagnac (16).
Achevé d'imprimer sur Roto-Page
par l'Imprimerie Floch
à Mayenne, en novembre 2023.
Dépôt légal : décembre 2023.
Numéro d'imprimeur : 103706.

ISBN 978-2-07-304108-1 / Imprimé en France.

616281